最接近生活的事物

The Nearest Thing to Life

〔英〕詹姆斯·伍德 著
JAMES WOOD
蒋怡 译

江苏凤凰文艺出版社
JIANGSU PHOENIX LITERATURE AND ART PUBLISHING

图书在版编目（CIP）数据

最接近生活的事物 /（英）詹姆斯 · 伍德（James Wood）著；蒋怡译 .— 南京：江苏凤凰文艺出版社，2021.8

书名原文：The Nearest Thing to Life

ISBN 978-7-5594-4505-6

Ⅰ. ①最… Ⅱ. ①詹… ②蒋… Ⅲ. ①文学评论—英国—现代—文集 Ⅳ . ① I561.065

中国版本图书馆 CIP 数据核字（2021）第 082075 号

最接近生活的事物

〔英〕詹姆斯 · 伍德 著　蒋　怡 译

责任编辑　刘洲原
特约编辑　苏　远　唐　珺
装帧设计　周伟伟
责任印制　刘　巍
出版发行　江苏凤凰文艺出版社
　　　　　南京市中央路165号，邮编：210009
网　　址　http://www.jswenyi.com
印　　刷　北京中科印刷有限公司
开　　本　787毫米×1092毫米　1/32
印　　张　4.125
字　　数　63千字
版　　次　2021年8月第1版
印　　次　2021年8月第1次印刷
书　　号　ISBN 978-7-5594-4505-6
定　　价　40.00元

献给 C.D.M.

并纪念我的母亲希拉·
格雷厄姆·伍德（1927—2014）

艺术是最接近生活的事物，它是放大生命体验、把我们与同伴的接触延展到我们个人际遇以外的一种模式。

——乔治·艾略特，《德意志生活的自然历史》

目录

第一章

为什么？

I

最近，我参加了一个我素未谋面的人的追悼会。他是我一位朋友的弟弟，突然撒手人寰，留下一堆身后事，还有一个寡妇和两个年幼的女儿。追悼会上摆了一张他的照片，下面写着生卒年（1968—2012）。照片上的他看上去出奇地年轻，焕发着生命的活力——他在耀眼的阳光下略微眯缝着眼，淡淡地笑着，仿佛他快要明白别人说的笑话的笑点在哪里了。说来痛心，他的离世是他短短一生中显著又英勇的事实，余下的不过是平日里普普通通的欢乐点滴，有好几个发言者的话能佐证。那时的他，正从小船上一跃而起，跳入缅因河中；那时的他，还是个孩子，与两个表兄弟一起调皮地从小木屋的窗户向外尿尿；那时的他，住在意大利，用跟人调情来学意大利语；那时的他，正说着一个很有趣的笑话；那时的他，是位充满热情与活力的朋友，只要他在场，整个房间就充满了笑声。最后的追思仪式一般都是如此，发言者们拼命地想要扩充并抓住逝者一生中那些美好又平淡的瞬间，填满从 1968 年到 2012 年之间的每一个日子，这样我们离开教堂时想起的就不再是他生命的起点和终点，而是其间永恒的时刻。

能够纵览某个人从出生到去世的整个人生，这种好机会不可多得，但在某些方面也让人别扭，因为这样的检视显得专横霸道，过于冒失。我们的悲伤并不能使我们有足够的权利篡取即临开端和结局的神力。这样的全能全知让我们不自在。对于自己的一生，我们没有这种能力，对于别人的一生，我们通常也不去妄求这种能力。

但是，如果这种纵观生命整个过程的能力如上帝一般，那么它同样包含着反抗上帝的苗头在内：一个人的人生一旦走完，走到了终点，仿佛压扁在日记本的一页页里，它就开始变小，开始收缩。它只是一个个体的人生而已，芸芸众生中的一员，跟其他人的人生一样任意，他们不过是暂时的租客，很快就将籍籍无名；我们惊恐地明白，这样的人生过不了几代就会被彻底遗忘，一如我们自己的人生。我们在假扮上帝的同时，也跟上帝作对，重重地扔下命运的脚本，拒绝戏剧演出的台词，为存在的无意义和转瞬即逝而震惊。死亡孕育了第一个问题——为什么？——然后又吞噬了所有的答案。并且奇妙的是，这第一个问题，也就是我们在小时候意识到生命会被夺走后说的那个词，它在我们整个人生中出现时，其深奥程度、语气和模式其实并没有改变。它是我们问的第一个问题，也是最后一个问题，不管是六十岁，还是六岁，我们都带着同样的茫然、悲伤、愤怒和恐惧在问——人为什么会死？既然会死，那为什么要活？生命的意义在哪里？我们为什么会在这里？布朗肖在他的一篇文章里说得很好，他用夸张的笔调传达出领悟生死后的惊退："每个人都会死，但每个人又都活着，这同时也就意味着每个人都是死者。"

"为什么？"这个问题是对死亡的拒绝接受，因此是个神正论的问题；在神学和玄学的漫长历史中，这个问题已经被神正论解答了——或者说，回应了——神正论是关于用一个天启的、仁慈的、强大的神灵观念来调和生命的痛苦与虚无的一种正式说法。神正论有时妙不可言，有时又阴郁消极，有时必不可少，有时壮阔宏伟，有时却平凡庸腐。有许多种方法可以把神学称义[1]那颗螺纹已被磨平的螺钉扭来转去，从奥古斯丁对自由意志的辩护，到诺斯替教的异端邪说，从上帝对约伯的霸气欺凌（安静点，知晓我不可说的能力），到陀思妥耶夫斯基的领悟：除了通过耶稣的爱——具体表现为阿辽沙亲吻他的兄弟，以及佐西马长老的圣洁[2]——此外没有可以回答"为什么？"这个问题的答案。但这些都属于文学跟神学

[1]　神学中的称义指的是上帝使一个有罪的人具有"公义""无罪"的身份。（本书所有的注释均为译者注。）

[2]　阿辽沙和佐西玛长老均是陀思妥耶夫斯基的小说《卡拉马佐夫兄弟》里的人物。

的传统。人们每天挂在嘴边的，远非这些宏大的或经典的表述，而是神正论的问题，每天也有人在给神正论的答案——父母亲不得不带着笨拙的爱，带着乐观的绝望，故作镇定地告诉孩子，也许生命真的能在天堂延续，或是说，上帝的道我们无法理解，或者爸爸妈妈也不知道为什么会这样。如果说神正论的问题在人的一生中都不改变，那么神正论的答案在三个千禧年里也未曾真正改变：上帝给约伯的答案，就跟父母回答小安妮痛苦的问题时让她别问了去看看书吧一样帮不上忙。我们所有人仍然活在这个问题里，也活在这些拙劣的答案里。

在我小时候，“为什么？”这个问题曾非常尖锐，而且带有宗教的意味。我成长在一个知识分子的家庭里，家人都有宗教信仰，在长大过程中我越来越忧虑，担心求知欲与宗教兴趣未必是天然的盟友。我父亲是动物学家，在杜伦大学教书，母亲是当地一所女校的老师。我的父母亲都是虔诚的基督教徒，母亲的苏格兰娘家有着长老会和福音派的渊源，《圣经》渗透到了一切里。父亲称我与我第一个女友的关系是“无益于教化的”（虽然为了说给我听这个克尔凯郭尔式的恶意评价，他不得不埋伏在车里，这么一来他就能避免与我有眼神交汇了）。他们不赞成我使用疑似世俗的说法“祝好运”，鼓励我用更带有神意的“保佑你”来代替。因为上帝的保佑，人们才在学校的考试里考出好成绩，才有音乐天赋，才结交到好朋友，唉，才去教堂。我的卧室乱糟糟的，母亲说这就是“代管工作不到位”的例子。脏衣服在某种程度上是不符合基督教教义的。

当我问起上帝是从哪里来，母亲给我看了她的结婚戒指，并解释说，上帝就跟它一样，没有开端也没有终结。（但我知道，这个戒指是某个人打的，即便我并没有说出口。）当我问起饥荒与地震，父亲准确地告诉我，通常人类要在政治上为前者负责，而后者呢，常常也要怪人类自己，一直住在那些人尽皆知的不稳定地区。好吧，贫困与瘟疫尚且可以补救，但癌症、心理与身体残疾、可怕的事故，还有在我朋友的弟弟四十四岁时夺去了他生命的古怪的病毒呢？为什么有这么多苦难，这么多死亡？他们告诉我，上帝的道是不可理解的，很多时候，我们在不可理解之物面前要养成像约伯一样的谦卑。但是，约伯在成为圣人或者能淡然处事前也是怨言多多，我担心自己幼稚的质疑会永远停留在玄学层面的抱怨。

我对死亡带来的痛苦有着强烈的感受，因为我父母教堂会众的两位教友年纪轻轻就死于癌症，其中一位是单身母亲，我常与她的孩子一同玩耍。人们向上帝祷告，却没有得到回应——除非像我父母告诉我的那样，“上帝召唤库瑞太太跟他一起住在天堂”，看起来，上帝可能在用某种离奇古怪的方式，他没能回应我们的祷告，实则就是在回应我们的祷告。

因此，质询只被允许到某一个程度，它一旦开始变得反叛就会被阻止。约伯不可能变成亚哈船长。这种不自由，再加上我感觉官方知识总是有些神秘，遮遮掩掩让人费解——我们并不知道为什么是这样，但是在某个地方有人知道，此人隐瞒了重要的线索——这两者相结合，在我身上激起了用秘密来对抗的习惯。我用我的秘密回应他们的秘密，用我业余的谎话回应他们的官方谎言。他们相信这个世界已经堕落，但是在其他地方，在来世，依然可以重新开始。我相信这个世界已经堕落，但并没有什么来世。他们把他们的来世像某个宝贵的秘密一样珍藏着，我也把我的没有来世当成事实，像某个宝贵的秘密一样珍藏着。我成了难对付的撒谎高手，我所知道的一流高手，不仅水平高超，而且积习不改。我的谎话一路撒到了底：从隐瞒大真相和无神论开始，以隐瞒小真相结束——像是你跟朋友一起时说脏话，或是听齐柏林飞船[1]，或是喝了不止一杯酒，或是继续跟那个无益于教化的女友交往。

文学尤其是小说，允许我从惯于隐瞒的积习中逃离出来——部分原因在于，它提供了一个与我的习惯相仿的对称版本，在书本的世界里，谎话（或是小说）被用来保护有意义的真相。我仍记得青少年时的震惊，那是当我郑重地发现

---

[1] 齐柏林飞船（Led Zeppelin）是组建于1968年的英国摇滚乐队，该乐队在硬摇滚和重金属音乐的发展中占据着鼻祖的地位。

小说和短篇故事是一个完全自由的空间的时候，在那里你可以有任何想法，表达任何观点。在小说里，你可能遇见无神论者、吝啬鬼、酒徒浪子、通奸者、杀人犯、小偷、穿越卡斯蒂利亚平原或在奥斯陆或圣彼得堡闲逛的疯子、在巴黎一心想往上爬的年轻男子、在伦敦追名逐利的年轻女子、不知名的城市、不存在于任何地方的国家、寓言和超现实主义的领地、变成甲壳虫的人、由一只猫来叙述的某部日本小说、许多国家的公民、同性恋、神秘主义者、地主与管家、保守派与激进人士、同时是保守派的激进人士、知识分子和傻子、同时是傻子的知识分子、酒鬼和神父、同时是酒鬼的神父、活人和死人。在文学正典的精妙把戏里，那些被后人认可，或是在大学教育里被奉为神圣，或是仅因为“企鹅现代经典丛书”（那些浅灰色封皮的朴素魅力——我记得我和弟弟在书架边闲荡时，他一本正经地对我说：“如果我要出书，我希望由企鹅来出”）就获得权威地位的作家们，原来一点儿也不值得尊重——原来他们会亵渎神明，为人偏激粗鄙，还是好色之徒。

我常从书店回来，带着那些因压缩在其中的内容而闪闪发光的平装书，它们像色情书一样炽热。我趁父母不注意，迅速地从他们的眼皮底下把书带进我的房间。他们难道不知道，塞万提斯不止亵渎神灵，还是狂热的反教权主义者吗？还是说，难道他们不知道，陀思妥耶夫斯基打着基督教信仰的幌子，在向我灌输无神论的思想？《查泰莱夫人的情人》依旧是一本官方认定的“恬不知耻”的书，但劳伦斯早期的美妙小说《虹》不知怎的却逃离了那样的指责。然而，翻开那本书的书页，看到威尔和安娜在他们新婚的头几个月里沉浸在性爱中神魂颠倒，看到威尔注意到他怀孕的妻子即将临盆，她变得更丰满了，“乳房变得重要”。看到安娜光着身子在卧室里跳舞，如同大卫曾在上帝面前跳舞一样；还有厄秀拉和斯克里本斯基在月光下亲吻。还有斯克里本斯基和厄秀拉私奔到伦敦和巴黎的奇妙场景——单纯美丽的厄秀拉，虽然总觉得斯克里本斯基身上缺乏某种精神性的东西，但还是一发不可收拾地爱上了性爱，爱上了她情人的身形。在伦敦的一家旅店房间里，她看着他洗澡：“他身材修长，在她的眼里是完美的，一个干净清爽的青年，没有一丁点儿多余的赘肉。”

看上去，这似乎是一种相对安全无害的自由：任何事都可以想，任何东西都可以写，思想是完全自由的。我们中的大多数人何尝不是每天都在脑海里行使这种自由呢？为什么要把小说当作宝贝，仅仅因为它再现了这种耗竭的自由？但是我们中的很多人并不会运用这种自由；我们紧张地行至准许思想的边缘，然后唤醒审查的超我来监督自己。并且，小说增加了所有虚构生活的双重性：见证另一个人拥有那种自由，就是有一个同伴，就是有其他人向你吐露心声。我们在相互分享的同时也相互审查；我们既是又不是拉斯科尔尼科夫、拉姆齐太太、布罗迪小姐[1]、汉姆生（Hamsun）的《饥饿》（*Hunger*）里的叙述者、伊塔洛·卡尔维诺笔下的帕洛玛尔先生。这应该让人感觉很刺激，同时也有一点不得体。阅读小说是一件极其私密的事，因为我们经常看似在窃取虚构人物泄露的隐私。当然，莎士比亚的作品早早地预见到并囊括了现代小说里将出现的所有的狂放生活。但莎士比亚的戏剧独白是说出口的隐私（其根源在祈祷文，最终是《圣经》诗篇），而小说里的意识流则是，或者说试图成为不出声的独白。不出声的独白似乎迎合了我们自己的粗糙想法，要求我们——读者与虚构人物——一道完成和演绎一个崭新的合奏节目。他们泄露的隐私，变成了我们更为隐秘的隐私。

在小说里可以有任何想法，表达任何内容——小说是一座花园，大大的“为什么？”挂在那里等待采摘，在自由的空气里洋洋自得——对我来说，这一想法与小说以外的正统基督教里的现实恐惧有着极讽刺的对称关系：正如陀思妥耶夫斯基所言，假如没有上帝，那么“任何事情都允许做”。抛开上帝，那么混乱与困惑盛行；人们犯下种种罪行，产生各种想法。你需要上帝来控制局面，这是我们常听到的基督教保守派的说辞。相比之下，小说的说法更合乎情理：“任何事一直

[1]　分别是陀思妥耶夫斯基的《罪与罚》、弗吉尼亚·伍尔夫的《到灯塔去》和缪丽尔·斯帕克的《简·布罗迪小姐的青春》里的主要人物。

都是允许做的，即便上帝在场。上帝与这一切本无关联。”

当然，小说比起现实来，它的自由空间更为宜居，因为小说是虚构的世界。虚构作品就是用无法收集的数据进行着的永无止境的试验。我过去与现在喜欢小说的理由，都在于它与宗教文本很接近，却又有根本的不同。小说中的真实总是跟信仰与否有关系——这由身为读者的我们来确认与肯定。我们需要这种信仰，但也随时可以拒绝信仰。小说在疑虑的阴影下移动，知道自己是个真实的谎言，知道自己随时可能不奏效。对小说的信仰，总是一种“近似”的信仰。我们的信仰是隐喻层面的，只是形似真实的信仰。托马斯·曼在他的文章《理查德·瓦格纳的磨难与伟大》（Sufferings and Greatness of Richard Wagner）中写道，小说总是一桩“不完全”的事。“对艺术家而言，对‘真相’的全新体验就是对参与艺术游戏的新的激励，是表达方式的新的可能性，仅此而已。他相信这种全新体验，并严肃对待它们，只要有需要，就给予它们最丰富最深刻的表述。在所有事上，他都非常严肃，严肃得令人落泪——但又不完全是——结果就是，根本就不是。”既然小说是不完全的游戏，它就是不完全信仰的场域。宗教里的危险之处，恰恰是小说的构造肌理。

II

在宗教传统如此显著的文学文化中，自由与监察这些问题怎能不剧烈地跳动呢？耶稣本人似乎无法决定他到底是小说的理想读者，还是它不共戴天的仇敌。要求清白之人向犯通奸罪的妇女扔第一块石头的耶稣，显然也是思想警察这一灾祸的主要源头，他宣称，凡是心怀淫欲地盯着女人看的男人，就已经犯下了奸淫罪。话说回来，让大家看看自己的内心，不要急于评判一个人，而是出于同情心去设身处地地感受，这完全是小说的举动：身为小说读者的我们每天都这样做。但是，说心想即为行动，则完全有悖小说精神：我们假如真的信以为真，还怎么去阅读小说呢？虽然我还无法把抗议诉诸表达，可是我本能地抵制耶稣对我个人思想的家长式监察，同时我又贪婪地借用耶稣审度一切的能力。一个男人带着淫秽的想法朝女人看，就相当于犯了通奸罪，这种观点让我们震惊的理由可能有二：因为耶稣说思想即行动，也因为他似乎拥有能看透人们内心所想的能力，拥有能洞穿人们迷离的神色、随意的动作与飘忽的目光的能力。他还有着把你的私密想法公之于众的力量。我们吓得连连退却，就像《文学传记》(*Biographia Literaria*) 里的柯勒律治一样，他听闻身为纠正与挑错的古代化身的摩墨斯在人的胸口放上一块玻璃窗就能看到此人的内心时，吓得直哆嗦。(可怜的柯勒律治，一个意志薄弱的大烟鬼，他面对这种夸大的宗教检省，确实有理由害怕。)

在某种显然很重要的程度上，阅读小说就是拥有无法付诸行动的思想；我们主张用人道的、非宗教的权利把思想与行为分离开来。自由地思考就是对此种分离的坚持，就是对世俗思想的界定。但是，当我们窥视某个名叫伊莎贝尔·阿切尔或是汤米·威尔赫姆的人，或是普宁或布罗迪小姐，毕巧林或里卡多·雷耶斯[1]的内心思想时，有时会产生拥有耶稣力量时的令人眩晕的感觉，那是宗教审查的力量——把其他人装纳私密想法的口袋翻个底朝天的力量，然后看着过失的细碎零钱如俯首认罪般散落到地上。（伊萨克·巴别尔 [Isaac Babel] 说，如果给他看一个女子的手提包里装的东西，他便可以此女子为主题写个故事。）但是，因为我们俯视与窥探的这些人物都是虚构的，并非真实的，他们生活在小说里，而不是现实生活中，所以我们的观察总是会慢慢远离（道德类的）评判，走向亲近、同感、怜悯与共通。我们既拥有耶稣监察的神奇力量，也拥有耶稣会宽容的人道洞察力，这位仁慈的主曾经暗示过，我们所有人都跟那位犯了通奸罪的女子一样有罪。

阅读小说，就是不停地在世俗模式与宗教模式之间变换，在所谓的事例与形式之间移动。小说的世俗冲动是朝向扩展

[1]　分别是亨利·詹姆斯的《一位女士的画像》、索尔·贝娄的《只争朝夕》、纳博科夫的《普宁》、斯帕克的《简·布罗迪小姐的青春》、莱蒙托夫的《当代英雄》和若泽·萨拉马戈的《里卡多·雷耶斯辞世之年》中的主要人物。

和延伸生活；小说是日常生活之股份的大交易家。它把我们生活中的事例扩展成一幕幕的细节，努力把这些事例按照接近于真实时间的节奏放映。想一想亨利·詹姆斯在他的伟大小说《一位女士的画像》中如何用整整一章的篇幅描绘伊莎贝尔·阿切尔坐在椅子里用五六个小时思考她婚姻生活的失败。四十五年后，《到灯塔去》里的拉姆齐太太也会坐在窗边，想着她的孩子们和丈夫，还有各种不同的事情，她会忘记自己应该一动不动，因为莉莉·布里斯柯正在帮她画肖像。实际上，拉姆齐太太忘记了她是肖像的中心，忘记了她是小说的中心，也忘记了她是女主人公。这是一种世俗性的遗忘：小说充溢着它自己的生命力，以至于从永恒的视角下观望的人类生活——也就是说，朝向死亡的生活——已经被草草地赶走了。死亡会叫嚣着回来，只是还没有到时间，不是现在。

当小说处于这种遗忘的世俗模式里时，它希望它的角色能永远活着。它不能理解为什么他们必须死去。还记得塞万提斯跟他笔下的堂吉诃德道永别时是多么不情愿，但又几乎称得上草率，堂吉诃德躺在临终的床榻上，在生命的最后时刻里放弃了骑士精神。他喊来桑丘·潘沙，请求他的原谅。“你不要死，先生。”桑丘满眼泪水地回答道。堂吉诃德立下遗嘱，又活了三天，然后，“在在场所有人的眼泪与哀痛中，他放走了灵魂，我的意思是他死了”。这里的语言非常贫瘠，近乎笨拙，而且不愿意多抒发感情，这让人极为动容，仿佛塞万提斯本人也被这事惊吓到了，看着他笔下人物死去，悲恸到无法言语。

但是，小说的永恒模式或宗教模式提醒我们，人生受到死亡的限制，人生就是在等待死亡。这种模式之所以是宗教的，乃是因为它跟宗教一样，有着把生活看成是受限的、业已决定的倾向——约翰·多恩在十七世纪为《约伯记》写的布道文里描绘我们的生活时，称它是由上帝谱写好的句子："我们的整个人生只是一个插入句：我们接受自己的灵魂，而后再还回去，如此组成完美的句子；耶稣是阿耳法和敖默加，我们的阿耳法与敖默加是我们要思虑的一切。"[1] 在这种模式里，小说做着上帝在诗篇第 121 章中承诺的事："你出你入，耶和华要保护你，从现在直到永远。"它训示我们有关事例与形式的关联。这是一件了不起的事，因为我们中的大部分人发现，要理解生活的形式并不容易。我们只是在事例中度过——吃早餐、去上班、谋生活、确保送孩子到学校，如此等等。即使当事例令人愉快时——比方说坠入爱河——尤其当事例令人愉快时，时间变得懒散，我们在极其舒适的状态下就看不到我们的生活里有些时刻的形状，它们的起始与终结，它们的阶段与时期。我们注定要在回顾时才能理解我们的出与入，

[1] 基督教用希腊字母的第一个 alpha 和最后一个 omega 作为象征符号，表示一切受造物的起始与终末，典故来自《圣经·新约》。

仿佛是在划船，只能清楚地看到已经划过的距离。多年后回到这座城市，我们会说，我以前在这里很开心；二十来岁时我不幸福；我只真正爱过一次；现在我明白了，当初做那份工作就是个错误。我在出席了朋友弟弟的悼念仪式后，才知道他的父亲写过一首诗，里面有这样一句令人动容的哀叹："那个完美的夏天……家里没有人快要死去。"

在追悼仪式上我突然想到，死亡给予我们看到整个人生的可怕特权，一场葬礼甚或是一张讣告就是那令人不安的特权的礼拜场所，而在所有文学类型中，小说是这一礼拜仪式最强大的世俗版本，这些想法让我震惊。我想起瓦尔特·本雅明在他的文章《讲故事的人》（The Storyteller）里曾经说过，经典的故事讲述围绕着死亡展开。它是听故事的人为双手取暖的炉火。死亡给予讲故事的人权威。本雅明说，是死亡使整个故事可以传达。我的妻子是小说家，她近来给一位母亲刚刚过世的朋友写信说道："人生故事有个奇特之处，它没有形状——或者更准确地讲，它只有当下——直到终结出现；到那时，整个轨迹突然清晰可见。"她是在说自己的经历，在过去的两年里，她经历了双亲的离世。她紧接着引用了她自己的父亲去世时一个加拿大小说家对她说的话：现在他走了，她突然开始怀念每个年纪的他，怀念她九岁时父亲的样子，她十来岁时父亲的样子，还有她二十八岁、三十五岁等等时她父亲的样子。

小说经常让我们能正式地洞察某个人人生的形态：我们能够看到许多虚构人生的起始与终结，它们的成长与犯下的错，停滞与漂浮。小说以很多方式来呈现——依靠它纯粹的视野与篇幅（角色众多的长篇小说，里面有各种各样的人生，有许许多多的起始与终结），也依靠它的精炼与简短（把一个人的人生从开头到结尾彻底压缩的中篇小说，像是《伊凡·伊里奇之死》或是丹尼斯·约翰逊的《火车梦》、艾丽丝·门罗的类中篇小说的故事《熊从山那边来》)。它部分地也依靠把现在变成过去：虽然我们在故事里是往前进，但整个故事已经是完整的了，我们把它捧在手里。在这种意义上，小说既是伟大的生命赐予者，也是剥夺者——不仅因为小说故事里的人物通常会死，更重要的是，即使他们不死的话，*也是已经活过的人了*。小说形式总是意味着一种死亡，像布朗肖描写的真实生活那样。“*曾经是*。我们说*他是*，突然就变成*他曾经是*，我认为这个*曾经是*真恐怖。”这是托马斯·伯恩哈德（Thomas Bernhard）的中篇小说《失败者》里的叙述者在描述他那位自杀了的朋友韦特海默时说的话。但是它也可以用作描述我们遇到的大多数虚构人物的时态：我们说，“她怎样了”，而不是“她怎样”。*他离开了房子，她摸了摸脖子，她放下书去睡觉了*。

小说中通常会有争斗在持续，现在与过去、事例与形式、自由意愿与决定论、世俗扩张与宗教缩紧的争斗。这就是为什么作者的全能角色有着如此令人忧虑的历史的原因：焦虑部分地是神学性质的，它拥有神学争辩无法解决的特质。小说似乎永远也无法决定它到底是希望沉迷在全能全知中呢，还是为全能全知感到愧疚，是强调它呢，还是淡化它。小说家应该介入和打断叙事呢，还是应该冷静地退避，保持冷漠中立的姿态？纳博科夫喜欢说，他笔下的人物是他的奴隶，人物过马路是因为他让他这么做。但是，那位“不带个人色彩的”福楼拜式作者审视着爱玛·包法利的灵魂，用平淡的口吻称，当他们把夏尔·包法利那可怜空洞的尸体打开，他们“什么也没有发现”时，读者中难道有人上当受骗了吗？——有谁曾经认为，这位作家比爱饶舌的全知全能的亨利·菲尔丁，或是文风流畅、喜欢说教的乔治·艾略特更不像神吗？

既然这些都是转化了的神学问题，那么毫不奇怪，一些现代小说家已经在公开地探讨叙述故事的意义何在、对某个人的起始与终结拥有神力的意义何在、小说人物又如何能在作者和读者的警惕注视中为她自己的自由争取空间这些问题。有些作家故意运用叙事那自信的力量，在读者心中创造出一种想为人物争取自由空间的欲望，或是面对作者介入性的安排时捍卫人物自由的欲望。我想到弗拉基米尔·纳博科夫、缪丽尔·斯帕克（Muriel Spark）、V.S. 奈保尔、W.G. 塞巴尔德（W. G. Sebald）、若泽·萨拉马戈（Jose Saramago）、托马斯·伯恩哈德、哈维尔·马里亚斯（Javier Marias）、达尼洛·基什、伊恩·麦克尤恩、珍妮弗·伊根、佩内洛普·菲兹杰拉德、爱德华·P. 琼斯、艾丽丝·门罗和扎迪·史密斯这些作家。奈保尔在他伟大的小说《毕司沃斯先生的房子》中，讲述了以他父亲为原型的毕司沃斯先生的故事。那是一个受困的、局限的、极度确定了的人生，一个从未离开过特立尼达岛、年纪轻轻就去世的小个子男人的人生。小说以某种形式的讣告开始，毕司沃斯先生去世的报道，作者在娓娓地道出毕司沃斯先生一生的有趣故事和把毕司沃斯先生的一生残酷地压缩在总结式的宗教报告之间摇摆不定。“毕司沃斯先生总共在查斯住了六年，那六年被无趣与乏味碾压，以至于到最后，这段时日可以被人一眼看透。”这是一个宗教时刻，与小说本身形成了矛盾，因为小说以一个个幽默的世俗场景告诉我们，毕司沃斯先生的一生无法让人一眼看透。小说邀请我们反抗其中的决定论，这样一来，我们就变成了能够读懂奈保尔的反讽并抵制它们的读者，我们与他合谋，为毕司沃斯先生充满喜剧色彩的不尽如人意的人生创造空间。

近年来，最美妙地呈现伟大的“为什么？”和在事例与形式之间进行小说化变动的作品之一，是英国小说家佩内洛普·菲兹杰拉德的《蓝花》，这本书简短精悍，于 1995 年出版。它是一部历史小说，讲述了一个据说是哲学家兼诗人的名叫诺瓦利斯的年轻人的短暂一生。他的真实姓名是弗里德里希（弗里茨）·冯·哈登伯格，我们在菲兹杰拉德的小说里初次见到他时，他还是充满热情的大学生，痴迷于费希特的理论。他认为死亡并不是要紧的事，只是一种状态的改变而已。他认为我们都能自由地想象世界的模样，既然我们每个人的想象可能都不同，那就没有理由相信事物存在固定的现实。菲兹杰拉德经常把家庭生活与弗里茨缥缈的哲学随性相比照。他告诉他未来的岳父说，费希特曾讲过只有一个绝对的自我，所有人类共有一个身份，他岳父回答说："好吧，这个费希特真是走运……在这个家里，我有三十二个身份要兼顾。"

有一次外出，弗里茨遇见一个十二岁的女孩，名叫索菲·冯·库恩。从各个方面看，索菲都是个完全普通的十二岁姑娘，但是弗里茨满心热情，在短短十五分钟里就决心要跟她结婚，他说"索菲是我的至爱"，"她是我的智慧"。弗里茨对女人的看法很固执——她们比男人更接近完美，尽管她们精于细节，男人擅顾大局。"这话我以前也听过，"索菲那精明的姐姐说，但是"细节有什么不好？总得有人去顾它们啊"。菲兹杰拉德经常暗示读者，存在着一个细节的世界，像洗洋葱切洋葱这样的家务活，也存在一个满是活生生的女人的世界，这是小说的世界，而弗里茨属于更加飘忽不定的理念世界。（菲兹杰拉德大概是有意在重演《到灯塔去》里的意识形态与性别的斗争。）弗里茨很想写本小说，他把题目暂定为"蓝花"，但是他才写了几小段，读起来感觉并不好："我列出了一些工作和职业，还有不同的心理类型。”他解释道。但是，菲兹杰拉德的小说里并没有轻易可以识别的类型；事例不是类型化的事例，而是事例本身。或许弗里茨这个人物对于小说来说太过理想化？他和卡罗琳·尤斯特在讨论歌德的小说《威廉·迈斯特的学习年代》时，两人对迷娘之死意见不一。她太纯真了，不适合这个世界，弗里茨说；一派胡言，卡罗琳坚定地称，歌德让她死，是因为他不知道怎么处置她。在这段谈话中，谁听上去像是真正的小说家？

菲兹杰拉德本人是个非常注重实际的小说家——她轻松地处理各种琐事与细节，不流露感想，喜欢用飘忽的反讽；她笔下的场景，简短有趣又精准。但她同时又能像缪丽尔·斯帕克那样打开无底洞。举个例子，弗里茨不住在家里，他让母亲奥古斯特去花园里见他。他想问问，与年轻而且社会背景一般的索菲结婚的话，父亲有没有可能祝福他们。他母亲已经多年没有一个人去花园了，从来没有背着丈夫去过花园。但她还是偷偷地取了花园门的钥匙，去那里见儿子。

> 一个特别的念头划过奥古斯特男爵夫人的脑际，她可以利用这个幽暗而香气扑鼻的神圣场合，来和她大儿子好好聊聊自己。她所有想说的可以归结为一句话：她四十五岁了，却不知道怎么度过余生。弗里茨突然向她凑近了身子问：“您知道我只想问一件事，他读了我写给

他的信了吗？”[1]

菲兹杰拉德如是向我们描述奥古斯特的内心想法。显然，激动的弗里茨并没有发觉母亲的内心活动，他凑近母亲时，心里只想着自己的事。这四句话所描绘的时刻，很好地说明了小说的能耐，要找到比它更好的例子恐怕很难：突如其来的亲密感让人震惊晕眩，但这种感觉又迅速消散，因为生活还在继续。

《蓝花》以最微妙的方式捕捉到各种正在进行的人生。弗里茨，比他更木讷的兄长伊拉斯谟，他们可爱的妹妹西多妮，还有聪明伶俐的老幺，外号叫“伯恩哈特”。但是这个快乐的家庭并不安稳，死亡正逐渐逼近。小说在以下这段令人印象深刻的报道中结束：

> 十八世纪九十年代末，年轻的哈登伯格家的孩子，一个个几乎毫无抵抗地开始生起肺结核来。总是坚持说自己咳血只不过是因为咳得太厉害的伊拉斯谟，死于 1797 年的耶稣受难日。西多妮活到二十二岁。1801 年初，出现了同样症状的弗里茨回到了他父母在魏森费耳斯的家。他去世前，要卡尔弹钢琴给他听。等弗里德

[1]　此书的译文摘自鲁刚译《蓝花》（北京：新星出版社，2008 年）。

> 里希·施莱格尔赶来时，弗里茨告诉他，他完全改变了《蓝花》的写作计划。
>
> 伯恩哈特 1800 年 11 月 28 日淹死在萨尔河。

这段话拿捏得极为精准——从短语里明显的不经意，“几乎毫无抵抗地开始生病”，让死亡听起来像是抢椅子的家庭游戏，到伊拉斯谟心碎地称他咳出了血，只因为他笑得太厉害（延续了家庭欢乐的记忆），到弗里茨重写那本未完成的小说的计划无法实现；再到苍白的不带有情感色彩的句子：“伯恩哈特 1800 年 11 月 28 日淹死在萨尔河。”家里这位可能比诺瓦利斯更有出息的天才，只活了短短十二年。

菲兹杰拉德用诺瓦利斯的一句台词作为小说的卷首语：“小说自历史的缺陷处诞生。”没错，她的小说想要拯救那些历史从未能记录下来的私密时刻，甚至是家庭自身也可能没有记录下的私密时刻。但是，这些世俗的事例存在于书籍那更宏大的严肃形式中，换句话说，这些是短暂的人生，不幸的人生，只不过是历史的插入句罢了。

小说掌握着让我们既能扩充又能收紧插入句的伟大本领。世俗的事例与宗教的形式之间的这种张力在小说中尤为激烈，不像在宗教叙事里那样。这也许正是小说的力量所在，是小说经常把我们抛掷于“为什么？”这个问题的宽广、可疑、恐怖的自由空间之原因所在。这个问题被小说的形式有力地调动了起来：不仅仅因为小说很擅长唤醒人生中普通的事例，也因为它很擅长强调人生是已完成的完整形式。我说“强调”，意思是说，我们在小说里读到的人物是人为创造的，他们不一定非得要死。因为作者让他们死，他们才死。甚至在《蓝花》这样的把真实历史人物写进小说的历史小说里，我们也有相同的感觉。古典历史学家罗宾·莱恩·福克斯（Robin Lane Fox）曾经评论说，旧约里只有一次意外死亡，意思是说，它与小说和新闻故事里的现代版本的意外人生和死亡有点不一样。但是，如果“意外”的意思是“在本意之外”，那么严格来讲，小说里并没有意外的死亡。甚至在历史小说里也是如此，因为从理论上看，小说家有能力改变历史，因为小说家选择这个角色的原因既在于他会死去，也在于他活着这种质性。此外，我们阅读历史小说时，人物就获得了自己的生命，在我们的心中，他们开始远离历史记载的现实。历史小说里的人物去世时，他们是作为虚构人物去世的，而不是历史人物。

然而，小说依然是不完全的游戏。人物不完全地死去，他们会再回来——我们第二遍或第三遍再读时，他们又出现在小说里。虚构人物的笑声比死亡前的咳血延续的时间更长。“历史的缺陷”之一是真实人物会死去，但是小说让我们看到在准许范围内的死而复生，反复的现世回归。伊塔洛·卡尔维诺在小说《帕洛玛尔》的最后，玩味着这种虚构的死亡宣判和死而复生，他以讽刺的口吻思考同名主人公的去世：

> 一个人的一生是各种事件的集合，其中的最后一件事可能改变整个集合的意义。这倒不是因为它比以前的事件更重要，而是因为各种事件组合成一个人的人生时，需要遵循一定的内部结构，并非按时间顺序排列。[1]

帕洛玛尔先生想要学习如何做个死者，卡尔维诺提醒我们，他会发现要做到这点很难，因为有关死亡的最困难的事，莫过于意识到人的一生是“一个封闭的集合，它完全属于过去，不能再给它添补什么”。卡尔维诺继续写道，帕洛玛尔先生开始想象所有人类存在的终结，想象时间自身的终结。“如果时间也有尽头，那么时间也可以一个瞬间一个瞬间地加以描述，”帕洛玛尔先生心想，“而每一瞬间被描述时都会无限膨胀，变得漫无边际。他决定开始描述自己一生中的每个时刻，只要不描述完这些时刻，他便不再去想死亡。恰恰在那个时刻，他死了。”卡尔维诺写道。

这是小说的最后一句话。

---

[1]　该处译文摘自萧天佑译《帕洛玛尔》（南京：译林出版社，2002 年）。

第二章

严肃的观察

I

过去的二十多年里，我曾几次三番地重读一个不同寻常的故事，它是安东·契诃夫在二十七岁时创作的，题目叫“吻”。一个士兵团被安排驻扎在一个乡下小镇上。镇上最气派的那户人家的主人邀请军官们去喝茶并参加舞会。其中一位名叫里亚包维奇的天真的参谋上尉发现，要像他那些自信的同伴那样跟女人跳舞并不容易。他“是一位身材矮小、背有点佝偻、戴着眼镜的军官，留着山猫样的络腮胡子”[1]。他看着其他军官与女人们轻佻地攀谈。

> 他这一辈子从没跳过一回舞，他的胳臂也从没搂过一回上流女人的腰。……有些时候他嫉妒同伴们胆大、

[1] 该短篇故事的译文摘自汝龙译《契诃夫短篇小说选》（北京：人民文学出版社，1992 年），部分有修改。

> 灵巧，心里很难过；他一想到自己胆小，背有点伛偻，沉闷，络腮胡子像山猫，身材没有线条，就深深地痛心，可是年深日久，他也就习惯了，现在瞧着同伴们跳舞，大声说话，他不再嫉妒，光是觉得感伤罢了。

为了隐藏内心的尴尬与寂寥，他就在大宅子里四处闲逛，最后迷了路，到了一间昏暗的屋子里。契诃夫写道，这儿“也跟大厅里一样，窗子敞开，有白杨、紫丁香和玫瑰的气味”。突然，他听到身后传来匆匆的脚步声。一个女人走到他的身边，吻了他。两人都喘了口气，立刻意识到她吻错了人；她迅速地抽身离开。里亚包维奇回到舞厅里，双手抖得厉害。他的身上发生了一些事。

> 他的脖子刚才给柔软芳香的胳膊搂过，觉得好像抹了一层油似的。他左脸上靠近唇髭，经那个素不相识的人吻过的地方，有一种舒服的、凉酥酥的感觉，仿佛擦了一点薄荷水似的。他越是擦那地方，凉酥酥的感觉就越是厉害。他周身上下，从头到脚充满一种古怪的新感觉，那感觉越来越强烈。……他情不自禁地想跳舞、跑进花园、大声地笑。……

这件事在这位年轻士兵的心里不断发酵，变成了重要的大事。他以前从来没有吻过女人。在舞厅里，他依次看了看每个女人，相信她就是那位。那天晚上临睡前，他有了一种感觉:“不知什么人，对他温存了一下，使他喜悦，一件不平常的、荒唐的、可是非常美好快乐的事来到了他的生活里。”

第二天，军团撤了营继续前行。里亚包维奇无法不去想那个吻，几天后的晚餐上，当其他军官在聊天和读报纸时，他鼓起勇气讲起自己的故事。他的确讲了出来，可一分钟后就陷入了沉默。因为故事只花一分钟就讲完了。里亚包维奇很是吃惊，契诃夫写道:“这件事只要那么短的工夫就讲完。他本来以为会把这个亲吻的故事一直讲到第二天早晨呢。”为了增强他的挫败感，其他军官似乎要么因为短短的故事而备感无聊，要么怀疑故事的真实性。最终，军团又回到了事件发生的小镇。里亚包维奇希望能再被邀请去那个大宅子，但是却没有。他漫步走到宅子附近的一条河边，心里各种酸楚，不再抱有幻想。桥栏上挂着几条浴巾，“完全没有必要地”，他摸了摸其中的一条浴巾。“多么愚蠢！……整件事多么愚蠢啊！”他看着奔流的水心想。

这个故事里有两个特别有震撼力的句子:“一忽儿的工夫他已经把前后情形都讲完了，他不由得大吃一惊，这件事只要这么短的工夫就讲完。他本来以为会把这个亲吻的故事一直讲到第二天早晨呢。”

能写下这些句子的作家想必是个严肃的观察者。契诃夫貌似注意到了所有的细节。他明白，我们在自己的脑海里讲述的故事才是最重要的故事，因为我们都是内心的扩张主义者，是滑稽的幻想家。对里亚包维奇来说，他的故事已经无限膨胀，在真实时间里汇入到了生命的韵律中。契诃夫明白，里亚包维奇的故事既需要又不需要观众，这一点令他痛苦。或许契诃夫也在开玩笑般地暗示，这位上尉与契诃夫本人不同，他不是个优秀的讲故事的人。因为其中不可避免的反讽在于，契诃夫自己的故事虽需要不止一分钟的时间来讲述，却并不需要一整个晚上的时间来阅读：跟他笔下的许多故事一样，它既干练又简短。要是换契诃夫来讲述，观众会仔细听。但是契诃夫同时又暗示，即使是我们刚刚读到的那个故事——契诃夫的简短故事——也并不是里亚包维奇的全部体验感受；正如里亚包维奇没能成功地全部讲述出来，或许契诃夫也没能完全讲述出来。里亚包维奇想说什么，这依然是个谜。

《吻》是一个关于故事的故事，它提醒我们，对于故事的一个可能定义就是它总能生产出更多的故事。故事就是生产故事的机制。这是契诃夫的故事；这是发生在里亚包维奇身上的一件普通小事；里亚包维奇既成功又失败地把那件小事编造成无法讲述的无尽故事。每一个故事都无法诠释自身：故事核心处的这个谜团本身就是一个故事。故事生产出它的子嗣，它自身的遗传碎片，是对它们无法讲述整个故事的原初无能的无助体现。

故事是富余（*surplus*）与失望的动态结合物：失望在于它们必须要结束，失望还在于它们无法真正结束。你可能会说，富余是精致的失望。一个真实的故事不会结束，但它会令人失望，因为它的开始与结束不是由它自身的逻辑决定的，而是由故事讲述者强制的形式决定的：你能感觉到生命的纯粹富余力想要超越创作形式所强加的死亡。在理想情况下，里亚包维奇要讲的故事，会需要一整个晚上，而不是单单一分钟，它可能是他生命的整个故事——就像契诃夫在讲给我们听的那种，虽然无疑要更长，也不那么清晰齐整。它不会仅仅描述发生在黑暗房间里的那件事，而是还会告诉我们里亚包维奇的羞涩，他对女人的无知，还有他耷拉的肩膀，如山猫般的络腮胡子。它可能会描述契诃夫没有提到的东西，小说可以为之腾出空间的那种片段情节——他的父母（父亲是如何虐待他，母亲又是如何宠溺他）；他做出当兵的决定，部分原因是想讨好父亲，虽然当兵从来都不是里亚包维奇想做的事；他是如何既厌恶又羡慕其他军官的；他如何在空闲的时候写诗，却从来没有给任何人看过其中一行；他又是如何不喜欢自己像山猫一样的胡子，但又必须留着，因为它们可以遮挡住一块凹凸不平的肌肤。

但是，正如里亚包维奇的一分钟故事并不真正值得讲述那样——它并非一个真正的故事——需要一整个晚上来讲述的那种无条理的故事也过于杂乱无章，算不上是个故事。他的短故事太过简短，长故事又过于冗长。里亚包维奇需要借助他并不具备的能力：善于攫取细节的契诃夫式的眼睛，仔细严肃的观察能力，还有甄选的禀赋。你觉得里亚包维奇在把故事讲述给其他士兵听时，说到黑暗房间里的紫丁香、白杨和玫瑰的气味了吗？你以为里亚包维奇提到了当那个女人亲吻他时，他的脸通红通红的，仿佛用薄荷水擦过一样吗？因为细节代表了故事里超越、取消和逃脱形式的那些时刻。在我看来，细节无异于从形式的饰带上伸出来的生活片断，恳请我们去触摸它。当然，细节不仅仅是*生活的片断*：它们代表了那种神奇的融合，也就是最大数量的文学技巧（作家在挑选细节和想象性创造方面的天赋）产生出最大数量的非文学或真实生活的拟象，在这个过程中，技巧自然就*被转换成（虚构的，也就是说全新的）生活*。细节虽没有逼近真实，却是不可降解的：它就是事件本身，我称其为生活性本身。关于薄荷水的那处细节，就像里亚包维奇脸上感觉到的刺痛，萦绕在我们脑际：我们只需要摩挲那个部位。

亨利·格林的小说《爱着》(*Loving*, 1945) 将背景设置在一座英裔爱尔兰的乡间大宅中，主要讲的是大宅中伦敦仆人的生活。这本书里有一个场景与契诃夫的《吻》极为相似(格林是契诃夫好学的弟子)，年轻的女佣伊迪丝走进她那位女主人杰克太太的房间，拉开窗帘，然后递上早茶。伊迪丝大吃一惊，因为杰克太太跟达文波特上尉而不是她丈夫一同躺在床上。达文波特上尉迅速躲到了被单下面，杰克太太则坐直身子，上身一丝不挂，伊迪丝跑出了房间。格林用令人难忘的词句写道，她亲眼看到了杰克太太“那傲人的上身”，“上面不规则地躺着两块暗色的高高凸起的干瘪伤口，在她身上晃动”。伊迪丝吓坏了，可暗暗又激动不已——部分是因为这发生在了她的身上，而不是其他人；部分又因为身为一个天真的年轻女子，目睹这一场景，相当于间接地初识了成人性关系的魅力；部分也因为这是一个能告诉管家查利·劳恩斯的故事，她与他的关系近来越发暧昧。

跟里亚包维奇的经历一样，伊迪丝的故事对她而言极为宝贵，是值得珍藏同时又不由得会泄露给他人听的奇珍异宝。“你说这是不是美得让人倾倒，”她欢快地告诉查利·劳恩斯，“它发生在我身上……在这么些年后。”当伊迪丝在性爱方面看似超前自己一步时，查利就总是小心翼翼，并不像她那么高兴。“好吧，难道你就不高兴吗？”她追问道。“你会想从我身上拿走那东西吗？”

> 嗨 [她继续说] 你有那么多的故事，你在多塞特郡的某个地方时，打开门就看见了那样的场景，还有在威尔士时透过浴室的窗户，之类的事……现在我也碰见了！他俩就那么并排地躺在床上。东西在你那个又旧又臭的烟斗里，抽便是了。

当劳恩斯想否定伊迪丝的经历的价值，说以前的管家埃尔登先生也撞见过杰克太太与她的情人躺在床上时，伊迪丝勃然大怒："你就站在那里告诉我埃尔登先生也撞见过他们？像我那样？她坐在床上，酥胸犹如一对鹅在他面前晃动，像我看到的那样？"这是一段优美的即兴之词：你不会轻易忘记那个出色的、几乎有着莎士比亚风格的新词，"酥胸"，或者双乳像一对鹅一样晃动的概念。

细节永远是某个人的细节。亨利·格林的用词典雅，富有韵律，又准确得恰到好处。作为文学创作者，这位以第三人称说话的现代主义作家把杰克太太的胸部描绘成"干瘪的、高高隆起的伤口"。我认为他这么说并没有恶意。他如一位优秀的画家一般，让我们比平常更细心地观察那个乳头——乳头周围的皮肤颜色更深，看上去仿佛是柔嫩的疤痕组织（所以叫"伤口"）。但是伊迪丝用她看到的细节，用她自己的措辞和明喻，把故事变成了她自己的。伊迪丝迫切地想把故事拥为己有，这里面何尝没有一种不顾一切的感人特质？她害怕劳恩斯会把故事从她那里抢走，她想让她的故事跟劳恩斯先生的多塞特和威尔士的故事平起平坐；她用词里的那股力量，似乎是想确保不管埃尔登先生看到了什么，都没有看到她所看到的，因为他看得不如她那样生动与透彻。

与里亚包维奇和伊迪丝一样，我们是我们的细节的总和。（或者说，我们的细节超过了我们的细节的总和；我们无法精确计算。）细节就是故事，是故事的缩影。随着年岁的增长，那些细节中的一部分逐渐暗淡，而另一些却反常地愈发生动起来。在某种程度上，我们都是内心的小说家和诗人，重新书写着我们的记忆。

我发现，我的记忆总是不停地发酵，把一分钟的时刻变成长方形面包大小的十分钟的幻想。背井离乡又加剧了它自身的困难。譬如说，我有时候觉得自己并非成长于二十世纪七八十年代，而是十九世纪七八十年代。如果我还生活在英国的话，我不认为我会有这样的感觉，某些习惯和传统的消失，再加上 1995 年我离开英国来到美国，这些使我的童年看起来非常遥远。在美国，经常在与别人的交谈中，当我打算要讲童年故事和某段记忆时，我就停了下来，我知道无法把大量不能付诸表达的模糊遥远的细节变成故事。我得解释太多的东西——那样的话我就编不成故事，没有细节只有解释；或者说，我的故事就得从一大早开始说，结束时已经很晚：需要花一整个晚上来讲述。

我出生于 1965 年，在英国北部的杜伦小镇长大，镇上有一所大学和一座雄伟的罗马式教堂，周围是煤田，其中的许多现在已经荒弃不用了。每家每户都用壁炉生火，家用燃料是煤炭而不是木头。每隔几个星期，有一辆堆满了笨重的褐色大麻袋的卡车开来，把煤炭沿着槽道倒入房子的地下煤窑里——我清晰地记得煤炭滑入地窖中发出的火山喷发般的巨大声响，扬起一股飘浮的蓝色煤尘，还有把那些麻袋扛在背上、肩上垫着牢固的皮护垫的小个子男人。

我在杜伦上的学，在一家擅长拉丁文、历史和音乐这些科目的教会机构。我参加了教堂唱诗班，那是一种光荣的契约仆役——我们每天表演晚祷，周日举行三次礼拜。每天下午，我们排成两列纵队，从学校步行到教堂——穿着厚厚的、领口处扣住的黑色斗篷，围着有蕨叶状紫色流苏的黑方巾。清晨的宿舍很冷，我们学会了躺在床上穿衣服。学校的校长加农·约翰·格洛弗牧师很可能只有五十出头，可在我们看来却是个老态龙钟的人物。他没有结婚，是个教士，穿着一身工作制服：黑色的套装，黑色的无扣衬衫，白色的牧师硬立领。（苏格兰诗人罗宾·罗伯特森 [Robin Robertson] 的父亲是一位牧师，在他的一首诗里有一处非常棒的细节，说他父亲的牧师领是从洗碗液的瓶子上切下来的一段白色塑料。）加农·格洛弗除了脖子上围一圈白色的塑料带以外，通身都是黑色的——他那双古老的牛津鞋是黑色的，厚重的镜架是黑色的，抽的烟斗是黑色的。他似乎在好几百年前就已经碳化了，化成了灰，所以当他点烟斗时，看上去仿佛是在点燃他自己。我们像所有孩子一样被深深吸引了，被停留在烟斗上方的火柴，被沿着柔弱的火柴稳稳地一路燃烧过去的火焰，我们陶醉在抽烟者发出的吸吮声里，陶醉在这些时刻里火焰突然中断它的水平旅程、很快就垂直消失在烟斗里的样子。

我们总是有疑问：他怎能以如此卑劣的强手腕，让火柴燃烧这么长时间?

这位校长是个相当和善的人，但他总是恪守他所理解的惩罚规则。犯了大错的男生会遭到“六大奖”，用一个大的扁平木梳的背面朝屁股上重重地打火辣辣的六下。我十三岁离开这所学校时，为自己积累的木梳“揍”的数量而洋洋得意——准确地说有106下。当我向父母宣布这个庞大的总数，算是对过去时光的一种衡量时，他们完全没有抱怨学校的冲动，只是温和地问:“你们究竟在忙些什么啊？”学校里有很优秀的老师——一位拉丁文专家跟我们说，写文章时开篇要“砰的一声，如同培根以花园作为文章的开头:‘全能的上帝先种了个花园。’试着学培根那样写。”一位历史老师某一天走进课堂，脱下他的黑色长袍扔到桌上，把废纸篓里的东西倒在那张桌子上，然后继续把一位男生桌子里的东西拿出来，丢在那张桌子上，那时他站在桌子后面隆重地陈词:“1482年，整个英国一团糟！”

有时候在家里，我会发现有个流浪汉坐在厨房的椅子上喝着茶，吃着我母亲帮他准备的三明治。汤姆经常来我家吃东西，然后接着赶路。他患有癫痫，在我家厨房里发作过一次，前前后后地摇晃，眼睛紧紧地闭着，双手使劲拧裤子上脏的地方。多年以后，这个可怜的人癫痫发作掉入了火堆，死了。汤姆从没有搭过火车，这让年幼的我很是动容。他对伦敦甚至是英国南方都几乎没有概念。我后来去南方读大学，汤姆因为喜欢邮票，就让我把任何可能得到的邮票都带回来给他，仿佛英国的南方是个陌生的国度。

大教堂还在那里——雄伟，灰白色，狭长又庄严——但是那个世界的许多其他东西都消失了。在我长大时，煤田就已经在走下坡路了，大部分煤矿当时就关闭了。煤炭不再像以前在英国那么必不可少或受欢迎——或者说不那么天经地义了。这也意味着很少有人像乔治·奥威尔在《通往威冈码头之路》（*The Road to Wigan Pier*）里逼真描述的那样到地下的危险环境中去砍煤层。所幸，用硬物打孩子的屁股不再是一种合适的惩罚方式；很可能现在在英国，没有一所学校允许系统性的体罚，从我进入青少年时期开始，这一趋势就令人吃惊地开始迅速发展起来。也不太可能还有流浪汉来家里吃三明治喝茶——虽然他们肯定还是去某个地方吃三明治喝茶。当我向十二岁的女儿和十岁的儿子描述那个世界时，我似乎突然长出了胡子，穿上了燕尾服：他们用调皮的眼神盯着眼前这个可笑的老古董爸爸。他们生活在一个更加文雅但又异常净化的世界，在里面，学校里唯一的纪律处罚是老师口中轻声说出的“闭门思过”，像癫痫那样的病通常也见不着。没有人抽很多烟，老师当然更不会，烟斗只在老电影和老照片中才能看到。

当然，我不希望我的孩子跟我有完全一样的童年：那几乎就是保守主义的标准定义。但我希望他们能深切感受到那种敏锐，感受到细节的逼真力量和陌生感，如同我儿时一般；我希望他们能去观察并记住。（我也知道，担心敏锐性缺乏是西方中产阶级特有的苦恼；世界上很多地方到处都是饱受过度敏感之苦的人们。）碳化的牧师，在床上穿衣，坐在厨房里的汤姆喝着他香甜的茶，穿着皮外套的煤矿工人——你有类似此种的属于自己的细节，你自己故事里的物之为何和物之现实。

下面是波斯尼亚裔美国作家亚历山大·黑蒙写的一个段落，摘自他的短篇故事《闲话家常》(Exchange of Pleasant Words)，这是关于一场喝得醉醺醺的热闹的家庭团聚——那家人管这叫黑蒙一家亲——发生在波斯尼亚的乡下。叙事用的是一个青少年的视角，接地气的酒后胡话：

> 从猪圈飘来粪便有毒的酸臭味；唯一幸存的小猪嗷嗷叫着；飞奔的小鸡扑闪着翅膀；即将熄灭的、烤乳猪用的火堆里传来刺鼻的烟味；稠密的拖着脚走的声音和许多双脚在碎石上跳舞的沙沙声，我的阿姨和其他阿姨辈的女人在碎石路上跳科洛梅卡，她们的脚脖子清一色地肿了，肉色的长筒袜慢慢滑落到静脉曲张的小腿肚上，厚松木板的味道，还有它那刺痛粗糙的表面，我把头枕在上面，一切都在旋转，仿佛我是台洗衣机，我的表兄伊万穿着凉鞋的左脚由圆胖的大脚趾带领，在舞台上踢

> 踢踏踏地跳舞；一大堆蛋糕和糕点铺放在床上（我奶奶就是在这张床上断气的），精致地分成了巧克力方队和非巧克力方队。

黑蒙1992年离开了他的家乡萨拉热窝，现在住在芝加哥，他喜欢列举——他有那么多祖传的好素材，为什么不呢？尤其注意："唯一幸存的小猪嗷嗷叫着"，一大堆蛋糕和糕点铺放在奶奶断气的同一张床上。

在平日生活里，我们不会长时间盯着某样东西、自然界或是人们看，但是作家们会。这就是文学与彩绘、素描、摄影的相同之处。你可以像约翰·伯格（John Berger）那样，说普通老百姓只是看见，而艺术家则是观察。在一篇有关绘画的文章中，伯格写道："绘画就是观察，审视经历的结构。一幅画了树的绘画展现的不是一棵树，而是被观察的一棵树。如果看到一棵树就几乎立刻能给人留下印象，那么审视一棵树（一棵被观察的树）就需要好几分钟或是好几个小时，而不是短短的瞬间，它还会牵涉到许多以前的观看体验，受到它们的影响并指向它们。"伯格的话有两层意思。第一，就像艺术家尽力——花上好几个小时——来审视那棵树一样，用心欣赏画像或是阅读书上对一棵树的描述的人也学会如何努力审视，学会如何把看转变为观察。第二，伯格在说明一个道理，每一张伟大的描绘树的画像与每一张以前的描绘树的伟大画像之间都有联系，因为艺术家们既通过观察这个世界，也通过观察其他艺术家对世界的描绘来学习。

伯格没有举文学的例子。但试想下《战争与和平》里面那棵有名的树，安德烈王子第一次骑马路过它是在早春时节，后来那一次是一个月以后的暮春。第二趟旅途中，安德烈没有认出那棵树，因为它变化很大。之前它光秃秃的，一副萧条落败的模样。现在，它开满了花，被其他同样生机盎然的树围抱着："鲜亮嫩绿的叶子钻过坚硬的百年老树皮，在没有枝丫的地方钻了出来，简直令人不敢相信，这么一棵老树竟然生出了嫩绿的叶子。"安德烈王子注意到了那棵树，部分原因是他也改变了；树的繁茂跟他自己的春风得意有关。

七十多年以后，让－保罗·萨特在写他的小说《恶心》（*Nausea*）时，脑子里肯定记着托尔斯泰的两处有关树的描写，他笔下的主人公安东尼·洛根丁望着一棵树思考它时经历了小说中关键的那次顿悟。当洛根丁望着他的那棵树时，他是带着自己好奇的习性。他认真地审视这棵栗树，尤其是它的树根：黑色的树皮起了好多疙瘩，他觉得看上去像是煮过的皮革。他看到了它"紧致的海狮般的外皮……那油腻的、粗硬的、固执的样貌"[1]，他把树根爬到地面上后的弯曲物比作

---

[1]　此书的译文来自杜长有译《恶心》（北京：中国友谊出版公司，1999 年），略有改动。

一个“结实的大爪子”。洛根丁的顿悟是萨特存在主义的早期版本：他感觉这棵树跟公园里的包括他在内的所有物体都一样，绝对是多余的，没有必然性。

或许，比他的哲学更有趣的是他的领悟：存在就是在那里——存在之物“被遭遇，可你永远无法对它进行推断”（萨特的斜体[1]）。他有了以下的领悟：“我是栗树的根，或者说，我完全是它存在的意识，我独立于它——既然我有意识——但我消失在它身上，我就是它。”之后，当他试图从这个充满想象的时刻中构画出哲学论断时，发现自己不知用什么词语来表达，他站在树下，“他触及了那个物……那树根……它存在，可我无法解释它”。另一方面，观察物体的这种体验是带有强烈的自我意识的——因为如果画像中的树并不是一棵树，而是“一棵被观察被描述的树”，那么对一棵树的言辞描述也并不是一棵树，而是“一棵被观察被描述的树”。对所观察之物的描述，就是我想要界定的富余的一个方面，它既是小说生命力的部分根源所在，也是小说的部分难点所在，同时也是故事生产出故事的部分方式。我以为，这就是让爱好思考和长篇大论、通晓哲学的洛根丁备感挫败的地方（而不那么钻研哲学的安德烈王子是不会为此感到困扰的）。语言既能成事，亦能败事；语言不断地伸出新鲜的嫩芽，全新的枝

[1] 中文为楷体。

丫。这是富余的正式或理论的一面。但另一方面，树对于安德烈和洛根丁来说也是纯粹的细节——它只是一棵树，就像萨特所说，它以无法被解释的方式存在。萨特说，我们与细节是分离的（因为它们与我们并不是一模一样的）；但是说来矛盾，我们又无非是这些细节（一棵树，它的树皮，它的树根，等等），正如安德烈与那棵树是一体的。这种不可降解性就是我试图界定的生命力富余的另一个方面：这是富余神秘的一面。细节既带有强烈的自我意识，又能自我取消，就像我前面所说的，细节既是高端的技巧（创造力的有意识发挥），也是技巧具有魔力的对立面（生命性，萨特把它叫作“那个物”）。卡尔·奥韦·克瑙斯高（Karl Ove Knausgaard）是一位极其热衷于描述和分析细节的作家，他在《我的奋斗》（*My Struggle*）的第三卷中用壮观的一页纸的篇幅来描摹一棵树，像托尔斯泰和萨特那样写出了自己的版本：

> 奇特的是，所有的大树都有自己的个性，表现在它们独一无二的形态，以及树干和树根、树皮和树枝、光与影的联合效果所创造出的气息上。仿佛它们能讲话，当然不是用声音讲话，而是以它们的存在来发声，它们看似朝任何观察它们的人伸展出去。那就是它们所说的话、它们的存在，此外无他。每次我去庄园或是周围的树林里，就能听到这些声音，或是感受到这些生长速度

极为缓慢的生物体的影响。

II

什么是严肃的观察呢？在索尔·贝娄的中篇小说《只争朝夕》(*Seize the Day*）中，四十来岁的汤米·威尔赫姆帮一位叫拉帕波特先生的老人过马路。他扶着他的手臂，被那人“宽大而轻的胳膊肘”给吸引住了。这可能算不上是写作中最出彩的地方，但是略微思考一下这个悖论的精准性——胳膊肘的骨骼很宽大，因为这位老人瘦骨嶙峋；可它又出奇地轻，因为拉帕波特先生只剩皮包骨头了，逐渐地消遁于他自己的漫漫长龄中。我喜欢想象年轻的作家在1955年前后坐着写手稿，尽力去想象（或许是回忆加想象）用手扶着一个上了年纪的人的胳膊肘时确切的感受：“宽大……大，但是……宽大而轻！”

同一部小说里，汤米·威尔赫姆在一家饭店的健身俱乐部里跑来跑去，四下寻找在那儿做按摩的老父亲。他从一个房间跑到另一个房间时，瞥见有两个人在打乒乓球；他俩刚从蒸汽浴里出来，腰间围着毛巾：“他们觉得很尴尬，乒乓球蹦得老高。”再想象一下坐在桌边的年轻作家。他在脑海里看到主人公从一个房间跑到另一个，看到主人公注意到围着毛巾的两个男人。在伟大作家的笔下，停顿在某一句话、某一个隐喻或是某一种感知中的那个点上，经常是富有启发意义的，而平庸的作家可能就此打住了。平庸的作家可能会让汤米·威尔赫姆瞥见打乒乓球的那两个人，然后就结束了。（“两个围着毛巾的男人在打乒乓球。”）贝娄不会就此打住，他看到那两个男人因为自己围着毛巾而感到尴尬，所以打起球来也笨手笨脚。他们担心毛巾会滑落，就只能假装在打球——所以“球蹦得老高”。

伟大的写作邀请我们更仔细地观察，也邀请我们参与到主题借由隐喻与意象所经历的转变中。想一想，D.H.劳伦斯在他的一首诗中描写袋鼠“耷拉着的维多利亚式肩膀”，或者是亚历山大·黑蒙（又是他）描写马粪，说它看上去像“黑乎乎的瘪了气的网球”，或是伊丽莎白·毕晓普描写出租车计价器“像一只道德训诫的猫头鹰那样”盯着她看，或是英国小说家兼诗人亚当·福尔兹注意到一只乌鸫“抖动着翅膀”飞上树。批评家克里斯托弗·里克斯（Chridtopher Ricks）曾提议，测试文学价值的一个极好的方法，是看一位作家写的句子或意象或短语，能不能在你沿着街道走时未经召唤就浮现在你的脑海里。你也可能是站在一棵树前。如果你看到一只鸟在爬树干，你当然会看到它抖动着翅膀往上爬。说到街道，我现在住的地方的街道正被挖得底朝天，在安装新的下水道，这项工程已经进行了好几个月。每天，地面上有很多的钻啊挖啊还有开凿的作业，然后快到半下午时，工人们用金属板或是沙石临时把洞铺平，这样汽车就可以在上面开。第二天，整个过程又重新开始，带着普罗米修斯式的恐怖。每周至少有四次，我想起纳博科夫在《普宁》（*Pnin*）里的那个产生陌生化效应的伟大笑话，讲工人们如何日复一日地回到马路上的同一个地方，想找被他们不小心埋了的丢失了的工具……

当然，在小说里，许多明显是外在的观察同时也是内在的观察——如同安德烈王子观察树的那个例子一般，或是安娜·卡列尼娜在火车上邂逅渥伦斯基以后留意到她丈夫耳朵的大小那个著名的场景。她的留意本身是值得留意的，值得我们留意，因为它告诉了我们她的转变。约翰·伯格的那句话："审视经历的结构"，恰当地适用于小说观察的这种内在或是双重的层面。因为小说与诗歌、绘画和雕塑——观察的其他艺术——的最主要区别，就在于这种内在的心理要素。在小说里，我们能审视自我所有的演绎与伪装、恐惧与隐秘野心、骄傲与悲伤。通过严肃地观察人们，你开始理解他们；通过更努力更敏锐地察看人们的动机，你能看到他们周围和身后的事物。小说极为擅长把人之矛盾戏剧化。我们如何能同时拥有两个对立的事物：想一想陀思妥耶夫斯基是如何出色地抓住这种矛盾性，我们如何同时既爱又恨，或者说，我们的心绪如何像刮风的天气里的云朵，迅速从一种形状变幻成另一种形状。

我经常在生活中感觉到，以本质上属于小说的方式去理解动机，帮助我开始弄明白其他人真正想从我这里或是从另一个人身上得到什么。有时候，我几乎是惊恐地发现，大多数人并不了解他们自己；这似乎能把人置于像神父一样俯视人们灵魂的高度。这就是以另一种方式来说明，我们在小说中拥有能看到人们如何伪装自己的超凡特权——他们如何从小说和幻想中建构出他们自己，然后再选择压抑或是忘记他们自身的那种要素。

我前面提到了陀思妥耶夫斯基作品中的人物，他们既回到十八世纪的狄德罗和莱蒙托夫笔下的伟大主人公毕巧林（十九世纪三十年代末），也前进到托马斯·伯恩哈德的小说《失败者》里的叙述者。《失败者》是一本非常精彩的书，由一个男人来叙述，他深信他那位自杀了的朋友、钢琴家韦特海默是"一个失败者"。叙述者用这个词的意味是（德文书名 *Der Untergeher*，意思是正要溺水或是下沉的人）他和韦特海默年轻时都非常渴望成为伟大的钢琴家。他们与格伦·古尔德一起学习，深深地嫉妒古尔德的钢琴天赋。古尔德当然"成功了"，成了世界著名的钢琴家。与古尔德相比，叙述者和他的朋友韦特海默是"失败者"。他们没有获得成功，是默默无闻的外乡人。可是，在全书的行文中，叙述者迫切地想要把他的朋友呈现为一个失败者，以便让自己免于被归到那个恐怖的范畴里，最后，他把韦特海默的自杀看成是他失败的最终标志，这些都变得高度可疑。我们慢慢看到，叙述者的神志可能并不完全正常，他对古尔德怀有某种凶残的嫉妒，与韦特海默存在竞争性的对抗，对韦特海默的自杀又抱有深深的歉疚。并且，他同时又爱着古尔德和韦特海默。对于这些，他似乎大体上并没有察觉。读者秘密地参与了叙述者的幻想，一种或许比契诃夫的军官更疯狂更有条理的幻想，只是程度不同而已，种类完全一样。

III

作家们在严肃地观察世界的时候，都做些什么呢？也许他们所做的，无非是从事物的死亡那里挽救它们的生命——有两种死亡，一种微小一种宏大：既从文学形式总要强加给生命的“死亡”手里，也从真实的死亡那里。也就是说，他们从我们的死亡那里把我们救回来。我的意思是，当细节从我们的脑海里退去时，困扰细节的现实感逐渐消失——细节包括我们童年的记忆，那几乎被忘却的味觉、嗅觉和触觉方面的刺激：我们以注意力的麻木，将缓慢的死亡呈现给世界。克瑙斯高说，变老就仿佛是站在一面镜子前，同时在脑袋后方举起另一面镜子，看到跳动的图像慢慢退去——“在目光所及之处变得越来越小”。在克瑙斯高的世界里，平凡事物带来的新鲜体验——平凡事物是无穷无尽的，就像孩童曾经体验到的那样（“盐的味道会浸透你的夏日时光”）——在持续退去，事物、对象和感觉在迈向无意义。在这样的世界里，作家的任务就是要把新鲜体验从这种缓慢的退去中拯救出来：把意义、色彩与生命力重新还给大多数平凡的事物——还给足球靴和草地，还给起重机、树木和机场，甚至是还给吉布森吉他、罗兰音箱、欧仕派牌洗浴用品和爱洁清洁剂。“你仍可以买史莱辛格的网球拍、特锐腾的网球、金鸡的滑雪板、特罗卡的皮靴固定装置以及科弗莱克的靴子，”他写道，“我们住过的屋子还在，所有的都在。唯一的区别，也就是孩童的现实与大人的现实的区别，在于它们不再深具意义。乐卡克的靴子只是一双足球靴而已。现在我用双手捧着一双鞋子时，如果说我有什么感觉的话，那也只是从我的童年遗留下来的感觉，再没有其他，没有其他纯粹的感觉。大海是如此，岩石是如此，充斥在你夏日时光里的盐的味道也是如此，现在它就只是盐而已，就这样。世界仍是原样，但它又不是原样，因为它的意义已改变，并且还在经历不断的变化，越来越接近无意义。”

文学跟艺术一样，抵制住时间的傲慢——让我们成为习惯长廊里的失眠症患者，并主动从死者那里挽救事物的生命。有一个故事讲的是艺术家奥斯卡·科柯施卡（Oskar Kokoschka），他在上一堂生动的绘画课。学生们感到很无聊，做着无趣的作业，于是科柯施卡悄悄告诉模特，让他晕倒在地上。科柯施卡走到面朝下躺着的身体边上，听了听他的心跳，然后宣布他死了。所有学生都被深深地震惊了。然后模特站起身来，科柯施卡说：“现在开始画他吧，假装你知道他还活着，没有死！”描绘一具充满生命力的身体，在小说中会是什么样呢？它会描写一具真正活着的、但我们又有可能从中看出那是一副终究真的要死去的身体；它会明白，生活被死亡的阴影遮住，所以就从科柯施卡赋予生命的美学中创造出一种看见死亡的玄学。（这难道不就是使严肃的观察真正严肃的东西吗？）它有可能读上去像索尔·贝娄晚年写的一个叫《勿忘我的念物》（Something to Remember Me By）的故事里的一段话，讲的是一个名叫麦肯恩的爱尔兰人，他喝醉酒在沙发上昏厥了过去：“我朝里望了望麦肯恩，他把外套扔在地上，脱下了内衣。仿佛煮成半熟的脸庞、短而尖削的鼻子、喉部的生命体征、颈部颓丧的模样、腹部黑乎乎的体毛、双腿松弛的皮肤勾勒出的腿间短短的圆柱体空隙、胫部白色的光亮，还有双脚惨兮兮的样子。”这或许就是科柯施卡脑海中的情景：贝娄在用语言临摹一位可能活着可能死了的模特：这幅画任何时刻都会变成一幅静物画。因此，他笔下的人物非常用心地看着麦肯恩，就像一个焦急的初为人父的年轻人看着他熟睡中的宝宝，看他是否还有生命。他还活着——勉强算活着：喉部有生命体征。

虽然纳博科夫过于争强好胜，不会说同行索尔·贝娄的漂亮话，可是读上面这段关于睡着的人的描述而不想起纳博科夫在一次演讲中说起伟大的作家如何“临摹一个睡中人”的话还是挺困难的：

> 二流的作家只剩下对司空见惯之物的花哨装饰：他们不关心如何重新创造世界；他们只想尽其所能从事物的既定秩序中，从小说的传统类型中压榨出精华……但是真正的作家，让行星转动、临摹沉睡的人并热切地玩弄熟睡之人的肋骨的作家，那种作家没有特定的价值观：他必须自己创造价值观。倘若写作的艺术首先不是意味着把世界看成是潜在小说的艺术，那么它就是一桩无用之事。

纳博科夫的话是关于作者的一番极其自私自利和异想天开的观点，在他看来，作者似乎不欠任何其他作者分毫；显然，在纳博科夫的神话谱系里，这位用肋骨造出人的作家正是上帝本尊，也不妨说就是弗拉基米尔·弗拉基米罗维奇·纳博科夫。

但是科柯施卡和纳博科夫掌握了一个核心真理。我们经常记得真实人物去世的细节（"著名的遗言"，诸如此类），还有小说人物去世的细节，这自然毫不奇怪。这难道不是因为在这些时刻里，作家们把生活的细节和细节的生命力从包围着、威胁着让它们消失的境况中抢夺过来？蒙田在他的文章《论残忍》（Of Cruelty）中写到苏格拉底人生的最后几分钟，还有据说他是如何挠了挠腿："镣铐解开后，他挠了挠腿，感到那么一阵愉悦的颤抖，难道他没有流露出灵魂被过往的不安所释放、即将知晓未来之事时的一种甜蜜和喜悦吗？”但是蒙田在本质上属于前小说时代，因为他喜欢就这些细节进行道德说教，并把这种时刻看成合适的道德力量而非意外事件的范例，像托尔斯泰那些后来的作家，则会把此种行为看成是偶然或是自发的——因为生命本能地渴望延展自身超越死亡。我想起《战争与和平》里皮埃尔见证的那个时刻，当时他看见一个蒙着双眼的年轻俄国人快要被行刑队处决了，年轻人不停地摆弄蒙住他眼睛的布，也许是想要稍微舒服点。

这就是生命的富余，把生命推至死亡以外，超越死亡。想一想托尔斯泰的伊凡·伊里奇吧。他临近死亡时，在极度孤独的那一刻，想起了童年时代的李子，还有当吃到只剩果核时口水要流出来的样子。当贝娄笔下的人物摩西·赫索格看到曼哈顿一家鱼店的玻璃后面的龙虾时，他注意到它们的“触须被弄弯了”，紧紧贴着玻璃——这是生命对施加于它的致命的囚禁所发出的抗议。当代美国小说家蕾切尔·库什纳（Rachel Kushner）在纽约的一条人行道上看见一只被压扁的蟑螂时，她看到它长长的纤弱的触须“为了显示自己生命的迹象而四处乱击”。在莉迪亚·戴维斯（Lydia Davis）的故事《语法问题》（Grammar Questions）里，叙述者得出了结论，她即将去世的父亲是绝对的否定，已经变成副词“不”（故事因此得名）——而她所记得的，延伸到她的故事之外的，是她父亲躺在病床上时皱眉的样子。她一生中见过这种皱眉许多次：这是贝娄会称为“生命体征”的东西。

观察是拯救，是救赎，是把生命从其自身中拯救出来。玛莉莲·罗宾逊的小说《管家》（*Housekeeping*，1980）中的一个女孩，被描绘成“能感受到已逝之物的生命”。在该书中，罗宾逊写了耶稣是如何让拉撒路死而复生，甚至让前来拯救他的士兵被割掉的耳朵复原：“这一事实让我们满怀希望，死而复生会反映出对细节相当多的关注”。上天也许会通过关注细节来补偿我们的损失，天堂肯定会是一个注重严肃观察的地方，我喜欢这样的想法。然而，或许我们也能用同样的方式在人间让生命复活，或是延伸生命：用瓦尔特·本雅明曾经说的“灵魂的天然祷告者：专注力”。我们能让死者复活，如果我们对周遭世界的用心观察能同样用到对死者的鬼魂上——通过更用心的观察：让物体变形。本雅明的这个说法出现在他给阿多诺写的谈论卡夫卡的一封信里；也许阿多诺在写《否定的辩证法》（*Negative Dialectics*）时也想起了专注力这个概念，他说：“假如思想真正地臣服于客体，假如它的专注力放在客体上，而不是其属类上，那么那个客体就会在流连的目光下开口说话。”

瞧，它们在那儿跟我们说话呢：白杨、紫丁香和玫瑰，薄荷也在窸窸窣窣，还有那个吻。

第三章

物尽其用

I

在我的成长过程中，对我产生最深远影响的书，既不是小说也不是诗集，不是《圣经》也不是莎士比亚的《作品选集》，不是《霍比特人》《沙丘》，或是读者和作家在陶醉中回忆的列入正典的任何高雅或低俗的故事。那是一本叫作《小说与小说家：小说世界导读》（*Novels and Novelists: A Guide to the World of Fiction*）的书，由一位名叫马丁·西摩－史密斯（Martin Seymour-Smith）的捉摸不定的（也许有点神志不正常的）英国诗人兼学者编著而成。我是在 1981 年发现它的，当时我十五岁，在伦敦的滑铁卢车站里一张堆满了打折书的桌子上找到了它。它有着功利主义的实用装帧，包在可怕的奶油硬糖色封套里。由于缺乏知名度，它看上去仿佛生来就是要永远降价出售的命，好比是一部直接刻成了录像带的电影。它里面的章节会讲到“小说的起源与发展”“犯罪小说与科幻小说”“小说与电影”，最有用的是一个题为“按字母顺序排列的小说家导读”的章节。护封的正面印有作家们的九张照片和印刷画，我能认出其中的四位：约翰·福尔斯、弗吉尼亚·伍尔夫（那张拍得美过本人的肖像照，人们常将它贴于自己的书桌上方）、列夫·托尔斯泰、亨利·詹姆斯、查尔斯·狄更斯、马克·吐温、索尔·贝娄、约翰·勒卡雷和艾莉森·卢里（Alison Lurie）。非常奇特的组合，说明了该书编排随意，唯贤是用。

“工作中的小说家”那一章里有不少吸人眼球的照片，纳博科夫戴着一顶看上去像毛茸茸的鸟窝的俄式礼帽，赤膊上阵、皮肤晒成棕褐色的海明威在古巴的卧室里打字，贝莉娅·班布里奇（Beryl Bainbridge）“在北伦敦的居所中的小书桌旁”，兰·戴福顿（Len Deighton）坐在“他那间凌乱但舒适的书房里”，显然是在火堆边取暖。我仔细地看了下戴福顿的房间，心满意足地发现，房间的高窗看上去挂有大幅的透明塑料，这种戏法我再熟悉不过。我的童年时代住在英格兰北部教区的牧师住所，那里通风良好的书房就是如此。它是基本的隔离装置，但滑稽的是，从来没有很好地奏效过。当微弱的光线柔和地穿过塑料过滤膜时，阴冷丑陋的房间就会呈现出摆放着一排排书籍的潜水艇的观感。讲到戴福顿的工作方法时，这本书告诉我们：

> 在一种完全与文学不沾边的工人阶级背景下，他开

> 始创作第一本书《伊普克雷斯档案》(*The Ipcress File*, 1962)，当时他甚至对一部小说有多长都没有概念……可是很快，他就发明了一种非常专业化的生活方式，为每个人物起草详细的初步工作表，经常在报纸上随便找来一张图片，来示意他们大致的长相……他会迅速利用好打字机技术的每一次进步。

而当他不再费劲地紧跟打字机技术时，戴福顿显然生活在精密的前现代隔离状态中，他是菲利普·拉金所说的“那个躲在遮天蔽日的城堡里”[1]的幸运家伙的原型。

> 他现在住在爱尔兰，在葡萄牙有套房子，隔离的生活对他而言非常必要，能让他从各种困扰中解放出来；他住在伦敦时也是这样，当时住在东区，把所有的电话来电都转接到留言服务，或是用电传打字机传送。住在爱尔兰时，他没有电视，他计算过，由此省下来的夜晚能让他多出一天的工作时间。

同一章里还讲到了爱弥尔·左拉的工作习惯，我从来没有

[1] 来自菲利普·拉金的诗《有个洞的生活》，此处译文摘自舒丹丹译，《高窗：菲利普·拉金诗集》，上海人民出版社，2015 年。

忘记过这句话:“他声称，有时候挣扎着写一段不顺畅的段落时其实会让他勃起。”

然而真正吸引我的，还是小说家与短篇故事作家按字母顺序排列的索引。这就跟阅读苏格兰高地（史宾桥到天空岛）的地图、泛着光泽的汽车杂志、从苏黎世到米兰的夜间火车时刻表一样令人心潮澎湃。1348 位作家中的每一位都有一段简要的小结，篇幅长短从 40 到 250 个字不等。这些介绍经常很武断，往往带有评价性，通常很尖锐，有时也固执得有趣。涉及的范围令人印象深刻，是一片充满了各种模糊地名的未开发国度：从西尔维娅·艾什顿·沃纳（Sylvia Ashton Warner）（新西兰人）到西尔维娅·汤森·沃纳（Sylvia Townsend Warner）（英国人）以及其间的所有人：阿尔封斯·都德、太宰治、菲利普·K. 迪克、维吉·鲍姆（Vicki Baum）和威廉·加斯（William Gass）（“他的小说很难读，但是某些段落极具活力和启发性”）；维尔托德·贡布罗维奇（Witold Gombrowicz）(介绍他的条目的完整表述是:“波兰小说家、剧作家和故事创作者：本世纪最伟大的实验主义者之一，他建议困惑的读者与他的书‘共舞’，而不是分析它们。不错的建议。《费尔迪杜凯》[*Ferdydurke*] 是他最有趣的小说”）；A. S. 拜厄特（“她的作品让读者很困惑，但是有深刻的意义”）、伊塔洛·斯韦沃(Italo Svevo)、弗里兹·雷伯（Fritz Leiber)、杰弗里·豪斯华德（Geoffrey Household)、孟佐尼（Manzoni)、冯塔纳、麦尔维尔、赞恩·格雷（Zane Grey）、格蕾丝·梅塔利亚斯（Grace Metalious）（《小城风雨》[*Peyton Place*] 的作者），还有迪克·弗朗西斯（Dick Francis）。有一个美国的历史小说家，名字起得很诡异，叫温斯顿·丘吉尔（Winston Churchill）（1871—1947）："他的方法和阐释很肤浅，却极为专业。"还有埃德蒙·威尔逊（Edmund Wilson）、安格斯·威尔逊（Angus Wilson）、柯林·威尔逊（Collin Wilson）、伊瑟尔·威尔逊（Ethel Wilson）和斯隆·威尔逊（Sloan Wilson）（著有《穿灰色法兰绒套装的男人》[*The Man in the Grey Flannel Suit*]）

这些人都是谁呢？小结写得有些古怪，但考虑到此书的形式与篇幅限制，总还算准确机智。显然，什么话都可以说，这本书以一种老式，有时又不太可靠的、尖锐且八卦的方式借用了传记形式。几十年后，我仍然因为这本书里精辟的论断而感到震惊：

> D.H. 劳伦斯不是一位出色的思想家，他对信条的阐述介入到了他的艺术表达中——他的信条越来越注重性爱——在这个意义上，他是个失败者：他的思想变得越来越混乱，而且缺乏自我批判。然而，他的艺术源于他对人类本能的歌颂，所以当他根据直觉研究行为时，他仍是一个精湛优美的作家。

这段批评既不偏激也不严重，它虽然经不住学术分析的细查，却也把平稳通俗的中间地带驾驭得很好。有时候，比如对于十九世纪伟大的普鲁士小说家特奥多尔·冯塔纳（Theodor Fontane），我直到三十来岁才读他，书里采取了一种振奋人心的审美辩护的姿态：“他的成就尚未得到英语国家的完全认可，尽管 1967 年翻译的《艾菲·布里斯特》（*Effi Briest*）已经开始为他带来值得拥有的读者。”关于艾丽斯·默多克（Iris Murdoch）：“她自从每年出版一本书以来，就难免犯一些她早年小说中隐而不露的问题：一种不真实的、过热的、夸张的才华；太过专注于情节而牺牲了对人物的塑造；*忍不住*要调皮地掉书袋。”（十五岁时，我不知道什么叫*忍不住*[1]，几乎不懂调皮地掉书袋是什么意思，但是我喜欢这两个词组的发音。）

在一个上进的少年眼里，这本书对于“伟大”的迷恋，到了令人却步却又极度迷人的地步。《小说与小说家》一书的主导观点是作家们必须向着伟大奋进，二流的书就是错失伟大的书。这就像是被困在托马斯·伯恩哈德笔下那尚且不算上自杀的残忍世界里。我翻看那本旧书时，发现自己曾郑重其事地在下面这些话的底下画上了线，从介绍卡夫卡的条目开始：“第二次世界大战结束时，他已经被奉为本世纪最伟大

[1] 原文用了法文单词 faiblesse。

的作家——极有可能无人能出其右。”关于普鲁斯特:“对于普鲁斯特，无疑存在一种假装内行的狂热崇拜，但他依旧是个非常伟大的作家。”书里对帕维泽（Pavese）的小说《月亮与篝火》（*The Moon and the Bonfires*）的描述给我留下了很深的印象——当时我并没有读过这本书（直到二十八九岁，我才会读到这部美妙的小说，当时也是直接出于西摩-史密斯的热情推荐）——并且确保划出了下面这段着实吓人的文字:“他的最后一部小说《月亮与篝火》审视了三个层面的意大利生活全景；在本世纪，目前尚没有其他小说在技巧上能超越它，以后也不大可能会有。”以后也不大可能会有。书里介绍V.S.奈保尔时，谢天谢地，他的作品我读过，说他是“他那一代人中六到七位重要的英语小说家之一”。（那个假装精准的“六到七位”——奈保尔排在那个灵活的小精英群体中的第一位呢还是第七位？）

每一个小结的末尾根据可读性、情节、人物塑造和文学价值（RPCL）挑选并点评该作家的两到三本书。每一类里，五星是最高，一星是最低。亨利·詹姆斯的小说《一位女士的画像》我在学校学过，很是赞赏，它在所有四类范畴里都得到了五星，我附加了一个自大的记号，另外还写上“我赞同”的字样。得到20颗星的书非常罕见，显然都“非常伟大”——有普鲁斯特、穆齐尔的《少年托乐思》（*Young Törless*）、《米德尔马契》（*Middlemarch*）、《在火山下》（*Under the Volcano*）、契诃夫的故事选集、《爱孩子的男人》（*The Man Who loved Children*）、汉姆生的《神秘的人》（*Mysteries*）和皮兰德娄的故事（我要到多年以后才发现，《小说与小说家》对这位作家美妙故事的评价是有多正确）。我像一个搜集铁路机车号码的人用机车号码册一样使用这个按字母顺序排列的列表：在作家名字边画一个十字表示我读过他或她的书。（说来沮丧，这样的极少。）两个十字意味着"这位作家很重要，但是我还没有读过"。三个十字的意思是"这位作家有些重要，但是我还没有读过"。温德姆·刘易斯（Wyndham Lewis）是我至今仍未怎么读过的作家，他得到了两个十字；乔治·桑（George Sand）（同样如此，唉）获得了四个十字。克劳德·西蒙（Claude Simon）边上画了两个十字（"他也许是在世小说家中最具分析精神的一位"），德尔默·施瓦茨（Delmore Schwartz）有四个。如此等等。

要仿造这样的书很容易——真挚到过于生硬，审美独裁，对评分制、数字、等级和百科全书式的无所不包抱有贪婪且莫名男性化的迷恋。可现在震撼我的，是它既亲切又彻底的天真，显然当年并不是那么回事。那些简短的描述像是文学世界内部递送给我的热情洋溢的讯息：它们有一种迫切的美学主张，读来令人陶醉其间，它们明显想去触及创作源头，深深地相信，写作很要紧，伟大的书值得我们为之生，为之死，因此，拙劣或乏味的书就需要我们来指认并剔除出去。我觉得，这就是作家们谈论文学的方式！而且，书籍也体现了一种重要的双重性——即使我在那个年纪时并不能很好地指出来。一来，西摩－史密斯似乎很看重评价，把尚可、优秀、非常优秀、“伟大”挑拣出来。二来，此书整体上殷勤好客的疯狂举动又似乎削弱了那个目标;或者说，就算没有削弱的话，起码也是提醒读者，审美的等级制是流动无常、带有个人色彩且怪异的，它随时可以进行修正，也很有可能会略微前后不一致。看上去，文学评价——决定你是否喜欢一本书，它是好是坏，理由何在——不能与人生常见的混乱局面分割开来。你可能喜欢契诃夫，也可能喜欢兰·戴福顿，只是与喜欢契诃夫的方式很不相同，而且你喜欢契诃夫的理由，可能还略微受到你知道他把他的一条腊肠犬唤作奎宁这件鸡毛蒜皮小事的影响……

华兹华斯称他的弟弟约翰为“沉默的诗人”，在这种意义上，或许我们都是沉默的诗人。可其实我们都是沉默的批评家，因为不是每个人都有诗性的眼光，但每个人都有能表达意见的口舌。评价不仅是自然且发自本能的，它也是作家们极为擅长的，因此，当我们在评价时，我们像作家一般行事。二三十年前的状况是，对作家而言最要紧的事，也就是他们会问关于一部文学著作的第一个问题——它写得好吗？——对大学教师来说经常是无关紧要的。作家天生会对你称为美学成就的东西感兴趣：为了创造出成功的作品，他们必须从他人成功和不那么成功的创作中学习。对学术界来说，这些有关文学价值的闲谈中，有很多曾经与纯粹的印象主义很相像，有时到现在仍旧如此。文学理论绝不是学术界对文学评价越来越警惕的唯一理由。没错，一些后现代和解构的思想对艺术作品自称具有和谐一致性持怀疑态度，所以在讨论它在形式上取得的成就时表达了要么不关心要么敌对的态度。但是，传统的非理论类批评和学术研究在操作时，经常把文学价值的问题当成不相关的问题，或是已经得到权威正典解决的问题。花时间阐释一个文本是如何运作的，并不一定是要讨论它运作得多完美，虽然看起来后面这一点是隐含在前面这一点里的。哪一个人在教《一位女士的画像》第 N 遍时，还会费心向学生解释这是一本非常优美的书呢？但是对大多数作家来说，对学习与模仿的渴望，这是唯一重要的问题。时代发生了改变，曾经被称为理论之争的讨论已经以富有成效的僵局结束。大略地讲，困境中的双方都赢得了胜利——受人珍惜的正典之作最后并没有被粗暴地取代，而正典则被极为丰富地扩充了；所有的文学批评家，甚至是传统派，都从解构和后结构主义那里学到了重要且充满变革意义的深刻见解。

然而，辨认并实践某种叫作家的批评的东西，并把它与更为学术的传统区分开来，这仍然是值得尝试的。学术上的文学批评归根到底是一个迟来的体制篡位者。在十九世纪的最后几十年里，文学文本的研究局限在对宗教或经典文学的研究。直到第一次世界大战前后，正式的现代英国文学研究的概念才开始成形，部分原因是它被当作患有恐德症的英国民族主义宝库里的一件武器。当时，随着教授们接受任命，从事这些研究，后来被称为文学研究的行业才开始兴起。正如人们兴奋地指出的那样，这些教授中有很多位是十足的业余人士。学界三巨头——亚瑟·奎勒－库奇爵士（Sir Arthur Quiller-Couch）、亚瑟·克拉顿·布洛克（Arthur Clutton Brock）和约翰·凯恩·贝利（John Cann Bailey）[1]——举办了几场鉴赏讲座后便回到了自己的俱乐部，在人们大致的默契下睡大觉了。在那个世界里，比如G.S.戈登接替沃尔特·雷利出任牛津的默顿讲席教授时，据说，他大致上是凭借对《泰晤士报文学增刊》的贡献才得到这个职位的。早年的这些教授中有许多人给文学评价带来了极坏的名声，他们要为以下这一结果负责：人们强有力地反抗评价，并为文学批评争取准科学的地位，这是从二十世纪四十和五十年代新批评以来的文学批评领域内大多数运动的主要特征。

但是显然，文学批评在牛津、剑桥、爱丁堡、亚伯丁、巴黎、柏林、莫斯科、耶鲁和哈佛开始从事之前很久就已经

---

[1] 作者在原文中只给出了前两位学者的名字，通过作者发表在《伦敦书评》上的文章，可大致推断被遗漏的那一位是约翰·凯恩·贝利。——译注

存在了。它以文学的身份存在，属于文学传统，由作家们操持；它是那种应该会给评价带来好名声的批评。我指的是乔治·普登汉姆（George Puttenham）在修辞方面，锡德尼在诗歌方面，萨缪尔·约翰逊在研究每位作家方面，哈兹里特的文论，柯勒律治（他既是理论又是实践的批评家，发明了“实用批评”这一术语），波德莱尔关于戈雅，弗吉尼亚·伍尔夫，本雅明在研究普鲁斯特或卡夫卡方面，V.S.普利切特（V.S.Pritchett）在俄国和英国小说方面（伍尔夫和普利切特都没有上过大学），兰德尔·贾雷尔（Randall Jarrell），伊丽莎白·哈德威克（Elizabeth Hardwick），朱利安·格拉克（Julien Gracq）。这就是作家批评的传统，作家—批评家的传统，这一传统仍在坚持，在持续着。（想一想约瑟夫·布罗茨基[Joseph Brodsky] 的散文，切斯瓦夫·米沃什 [Czeslaw Milosz] 关于陀思妥耶夫斯基，米兰·昆德拉关于欧洲小说，扎迪·史密斯、艾莉·史密斯 [Ali Smith]、大卫·福斯特·华莱士 [David Foster Wallace] 关于当代写作，诸如这些。）

这样的批评就跟《小说与小说家》一样，它们立足于世上，并非躲在学术的高墙后面，而且它们并不畏惧利用出现在脑海或手边的任何东西。说到底，批评是极度实用主义的。关于批评的恰当基础为何，布鲁克林的文学期刊《n+1》的创办者之一马克·格雷夫（Mark Greif）最近引用了肯内特·伯克（Kenneth Burke）（他本人是不依附任何组织的独立自由的美国知识分子，为了写作从哥伦比亚大学辍学）的话：“批评的主要理想在我看来，就是利用一切能利用的。”格雷夫机智地说下去：“这是先于伯克的许多伟大批评家所用的方法，它也会在我们中那些短暂从事这项工作的人身后继续流传下去。”

II

英国浪漫派作家托马斯·德·昆西写过一篇著名的文章，题目叫“论《麦克白》剧中的敲门声”。德·昆西试图解释得让自己满意，为什么他为《麦克白》中第二幕第二场如此动容。剧中，在谋杀国王后，麦克白听见一阵敲门声。门房出场了，告诉我们酗酒的种种是与非（“它挑起你的春情，可又不让你真的干起来”[1]），然后慢悠悠地开了门：麦克德夫和列诺克斯来了，他们正在找国王。德·昆西发现，奇怪的事发生在了这一刻，某种独特的转变，却找不到原因。他断定，问题出在他企图用他的“理解力”上——他又提醒我们，理解力并不能帮上忙，事实上还会阻碍恰当的分析：“不论思考力多么有用，多么不可缺少，单纯的思考力是人类心灵中最低下的能力，并且也是最不可靠的；但是大多数人却除了思考

[1]　本书中《麦克白》的译文摘自朱生豪等译《莎士比亚全集（第五卷）》（北京：人民文学出版社，1994 年）。

力外什么也不依靠。”[1]他举的例子：请某个人画一条街道的图，只要是没有为了这种需要事先受过透视画法知识训练的任何人都可以。那个人会让他的思考力压制他的眼睛。他会画一条水平线，因为那是他认为他应该做的，却无法产生想要的图画效果。

德·昆西继续说道，他的“理解力”并不能提供给他敲门声会产生特殊效果的缘由。事实上：“我的理解力断然宣称敲门声不能产生任何效果。但我心里有数，我感觉到它的确起了效果；我等待着，并且抓住这个问题不放，直到更多的知识使我能够解答这个问题。”

没过多久，更多的知识就出现了，1811 年 12 月，伦敦东区的拉特克利夫大道发生了系列谋杀案。在这些谋杀案的第一宗发生后，跟莎士比亚剧中情节相似的一件事显然就出现了：凶手在“灭绝行为完成以后”听到了敲门声。于是莎士比亚设想的情节变成了现实。最终，德·昆西宣布，“我找到了使自己满意的答案”。但是作为一位优秀的散文家，他并没有当即一五一十地说出答案是什么。当我们看见有人晕倒在地上，德·昆西说，最感动人的时刻就是当那个人苏醒过来，这宣告了“暂停的生命又重新开始了”。或者说，你走在像伦

---

[1] 该篇文章的译文摘自李赋宁译，杨周翰编选，《莎士比亚评论汇编》（上册）（北京：中国社会科学出版社，1979 年）。

敦那样的大城市里，那天适逢某位伟大人物的国葬，街上空空如也，一片寂静。然后，葬礼结束后，生活回归正常，我们才突然想起日常事务先前停顿过。“一切施加于任何方向的作用可以用反作用来加以最好的说明和衡量，更好地为人们所理解。”现在把这个道理应用到《麦克白》中。德·昆西的结论是，为了让我们能欣赏这部剧，我们必须对凶手抱以同情；我们进入他的情感中，被迫理解他们。当麦克白和他夫人做出可怕的行为，日常健康的生活突然停止了，但是我们没有察觉到那样的暂停，因为我们的时间都透过麦克白的独白，花在了他的思绪中。他把敲门声称为“生命的脉搏又开始跳动起来”：“我们生活于其中的世界重建起它的活动，这个重建第一次使我们强烈地感受到停止活动的那段插曲的可怖性。”

这是一篇极为机智的文章。敲门声和门房那粗暴的幽默——它与前面的恐怖氛围形成了鲜明的区别——达到的最明显的效果并没有使德·昆西感兴趣；那些他能理解。可另一个最明显的效果，也即敲门声就是生命脉搏的回归，也没有让他提起多大的兴趣——除了日常生活的回归提醒我们先前的缺乏：提醒我们，生活的暂时停止已经发生过了，但我们先前并没有察觉到。因此，文章对自己提出的谜题的结论体现在了它的形式里：正如德·昆西所发现的，敲门声提醒我们先前忽略的事（日常生活的停止），他的文章也偶然发现了他忽略的一种停止：直觉能力的停止，直觉能力落入他所谓的（我们现代人对此感到不解)“理解力”之手后便死去。他必须让自己的直觉恢复生命。

他不是在敲门声与麦克白那颗犯了谋杀罪的心的扑通跳声（这又是莎士比亚所推崇的明显的比喻性联系）之间建立起联系，而是与日常生活本身的律动之间建立起联系，这一点我也喜欢。而且，这篇文章“用尽了所有能用的”，这种伯克式的（肯尼斯，不是埃德蒙）方式极好。德·昆西需要阐释一个问题，他处理这个问题时不像是俯首故纸堆的隐修学究，而像是写作了《一个英国鸦片吸食者的告白》(*Confessions of an English Opium-Eater*）的城市漫游者：他想到了伦敦发生的一场真实的谋杀案，他努力回想日常活动停止期间在城市街道上游荡的记忆。一个审美的问题在一定程度上通过……生活被解决了，通过日常的存在。由于他能物尽其用，所以他天然就具有民主精神。

德·昆西并不害怕过于简洁，也不害怕承认自己无法领悟。这两者可能是有联系的。很多时候，简洁是我们讨论一部小说或一首诗唯一可能的路径，“这让我很感动”，“这好美”，“这让我沉默”。这令我困惑。简洁是最一开始的氛围，在这个宽广的范围里，我们说出自己的第一个情感回应。德·昆西从简洁走到复杂，但是他的复杂还是相当简单的。不同寻常的作家给出的批评，通常都能以小见大。譬如，伟大的短篇小说家尤多拉·韦尔蒂（Eudora Welty）写到小说中的象征时说，对莫比－迪克的一种看法是，它是如此巨大的一个象征物，以至于它必须是鲸鱼。她把有关小说如何使用象征的一个深刻且简洁的观点，塞入小说特有的一条妙计中。

我最佩服的许多批评都不是特别分析性的，却真的是一种充满激情的重新描述。有时候，聆听诗人或小说家大声朗读她写的诗或他写的一段文字，也是一种批评行为。毕竟，作家们为何总是对演员和表演感兴趣，这是有充分理由的；演员是最纯正的、也是第一位批评者，这话不是没有道理。而大声朗读诗歌或剧本，在写作上就对应着重新叙述我们在谈论的这部文学作品，优秀的批评家认识到，批评在某种程度上意味着叙述一个有关你正在读的故事的故事，就像德·昆西把我们紧紧地吸引在他的读者式侦查的故事里那样。

我会称这种批评性的重新表述为*通写评论*（writing *through*）的一种方式，而不仅仅是*写评论*（writing *about*）。这种通写经常是通过使用文学本身所用的隐喻和明喻的语言来达成。大家都承认，文学批评是独一无二的，因为我们拥有与我们所描述对象相同的媒介来进行批评的伟大特权。（真同情那些可怜的音乐评论家、悲哀的艺术评论家！）当柯勒律治写到斯威夫特“他有着拉伯雷那样的灵魂，却居住在干旱的地方”，或者说当亨利·詹姆斯说，巴尔扎克如此献身于事业，以至于变成了类似是“活脱脱的本笃会修士”（他非常喜欢这个说法，便将它从自己早年写的一篇有关福楼拜的文章中挪用至此）；当普利切特感慨地说，福特·马多克斯·福特（Ford Madox Ford）从没有跌入孕育伟大艺术作品的“决定性的恍惚”中——这些作家在他们所谓的“创造性”作品里，创作出在性质上无法与隐喻和明喻区分的意象。他们用文学自己的语言跟它对话。这种用文学的语言跟它对话，确实就是音乐或戏剧演绎的等价物，因为它既是批评的行为，同时也是一种重新表达。也会出现作家层面的对抗或是默契，也就是作家对主题展现出她自身的才华。在此，弗吉尼亚·伍尔夫的文章是绝佳的范例，因为她在帮《泰晤士文学副刊》写稿时，所有的稿件都没有署名：她的文章必须用风格为自己签名。大家都知道那是伍尔夫写的文章。

隐喻是文学的语言，因此也是文学批评的语言。哲学家特德·科恩（Ted Cohen）在其著作《思考他者：论隐喻的天赋》（*Thinking of Others: On the Talent for Metaphor*）一书中有力地论证道，隐喻在我们阅读小说的方式以及我们与其他人产生共鸣和感同身受的方式中占有中心地位。科恩从一个简单而有时会被忽略的事实出发，即隐喻类似于想象的认同。当我们用隐喻的方式说“A 就是 B”时，我们就被引导把 A 看作 B，这就导向了关于 A 的新想法。科恩说，这种把 A“看作”B 的能力是非常必要的人类天赋，他称之为“隐喻的天赋”。这不仅是能够创造隐喻的诗性天赋（像萨特那样把树根看成形似爪子，或者像毕晓普那样把出租车计价器看作一只道德训诫的猫头鹰)。他认为，这是驱使我们与小说人物产生认同的动力，因为隐喻邀请我们“把一件事物看成是它显然不是的另一种事物”——他把隐喻称为“个人认同”。

科恩尤为重要地论证说，我如果说“我是巴拉克·奥巴马”或者“我是麦克白”，这就是属于隐喻家族的一种同情式认同。他承认，大多数人不会认为“我是巴拉克·奥巴马”跟“朱丽叶是太阳”一样是隐喻。科恩说，可是理解这些句子的诀窍跟理解隐喻是一样的，当我们在阅读虚构人物时，有一场隐喻的交易正在进行。这是因为我们与小说人物的认同不是严格的身份认同问题，而是一种比喻性的认同。当我们说A可以看成是B时，我们并没有假定A和B有着同样的性质，但是我们在暗示“B有的某些性质，A可以被看作也具有，而事实上，该种性质并不是A真正意义上的性质”。

换言之，我们再回到前面的那句话，小说是不完全的游戏。那就是我们发现德·昆西在他的文章里所论证的——他迫切地想要指出，我们错过了日常生活的停止，是因为我们之前一直在与杀人犯认同。但并不完全如此：莎士比亚肯定“把注意力投注在杀人犯身上：我们的同情心必定与他一起(当然，我是说理解的同情心，借由它，我们进入他的情感，被迫去理解它们——不是说怜悯或赞许的同情心)”。接下来，德·昆西进行了他同情的一跃，为了彻底了解那串敲门声的效果，他必须亲自体验，那种生活的停止与再度觉醒是什么样的感觉。柯勒律治有过一段著名的谈话，说屈服于虚构作品中的模仿就是让怀疑悬置；德·昆西通过悬置怀疑，成功地悬置了他的“理解力”，因此抵达了他所提出的问题的答案。

特德·科恩引用了哲学家阿诺德·艾森伯格（Arnold Isenberg）写于 1949 年的一篇文章，题目叫“批判性交流”（Critical Communication）。在被科恩称为“一段简洁有力到令人惊讶的论述中”，艾森伯格反驳了一个常见的观点，即批评家通过引述艺术作品的特性来为价值判断创造理由。艾森伯格说，批评家肯定希望做的，就是吸引读者的目光到艺术作品的特性上，在观众心里引发一种关于该作品的相似观点。用艾森伯格的话来说，用这种方法，他能在读者心目中达到“视野一致”（也就是一致的视野，读者和批评家的身份一体）。科恩继续指出，这是对隐喻用法的一个非常精彩的描述：“当你的隐喻是‘X 是 Y’时，你是希望我会像你那样看待 X，也即把它看成 Y，最有可能的是，虽然你的直接目的是让我以这种方式看待 X，你最终的目的则是我对 X 的感觉如你一般。”

总而言之，隐喻是认同的一种形式，与小说人物的等同是一种认同，是一种隐喻式的飞跃；而批评似乎以同样的方式在运作，通过展现视野的一致或类同、一种比喻性认同的行为，借此，批评家实际上在说：“我会努力使你如我一般看待文本。”

唯一要多说一句的是，倘若这种“视野的一致”实际上是隐喻式的，那么隐喻的语言——作家—批评家自己的隐喻性——就是那个过程的具体语言，是对它最佳最便利的演绎。二来，如果想象的认同归根到底是隐喻式的，那么读者（或者批评家）的隐喻认同就跟作家的非常接近。正如莎士比亚肯定是想象自己身处麦克白的那个角色里，因此读者也必须这样做，由此参与到这个创造性的行为中去。读者的行为也即作家的行为。并且，如果批评家对那种认同的书写也是隐喻式的，我们就可以为阿诺德·艾森伯格的原话“视野的一致”增加一些更丰富的含义。我们就是整体，作者、读者和重写者（批评家）的整体，参与到某些程度上亦是书写一致性的视野中。

这里有两个关于视野一致性和书写一致性的例子。第一个来自弗吉尼亚·伍尔夫为英国艺术批评家、博物馆学家罗杰·弗莱（Roger Fry）写的传记；另一个是我的亲身经历。两个例子均是在戏剧空间里发生的批评性演绎的情景。伍尔夫描述她在伦敦听罗杰·弗莱做公开讲座——严肃、正式的场合，评论家穿着晚礼服，手持一根长教鞭：

> 所有的一切，他在他的书里做过一遍又一遍，但是这里出现了一个不同之处。当下一张幻灯片滑过薄板时，他停顿了一下。他再一次注视着那张图片。然后在一瞬

间，他找到了他要的那个词；他不假思索地加上了他刚刚看到的那个词，仿佛是头一回看见。也许，那就是他吸引观众的秘诀所在。他们能看到情感在撞击，在成形；他能让感知的那个时刻暴露在公众面前。因此，随着停顿和情感迸发，精神现实的世界在一张又一张幻灯片中浮现——在普桑、在夏尔丹、在伦勃朗、在塞尚——在高低不平处，一切都连接在一起，所有的都融入整体中，投射在女王大厅的巨大屏幕上。最后，一直透过眼镜看的演讲者停了下来。指着塞尚最新的一幅作品，他感到困惑了。他摇了摇头，教鞭立在地上。他说，它远远超出了他能力范围内能做的任何分析。所以他没有说“下一张”，而是鞠了个躬，观众们也都散去，他走出大厅来到了朗豪坊。

两个小时里，他们一直在观看画像。但是他们看的其中一张，演讲者本人并没有意识到——是一个男人投射在屏幕上的轮廓，一个穿着晚礼服、停下思考问题然后举起教鞭指示的苦行者。这幅图像会跟其余的一起留在记忆里，这一幅粗糙的素描会在未来的岁月里给观众中的许多人充当一位伟大批评家的画像，一个有着丰富情感但又苛求正直的人，当理智无法再深入时，他就突然叫停，但是，他自己相信并且也说服了其他人相信，他所看到的东西确实在那里。

所有的东西都在这里，在这个优美的段落里：批评是充满热情的创造物（“仿佛头一回看到”）；批评是谦逊的品德，是思维让“理解力”暂时搁置（“他感到困惑了”）；批评是简洁和近乎无声的（“他说，它远远超过了他能力范围内能做的任何分析”）；批评具有视野的一致性（“自己相信并且也说服了其他人相信，他所看到的东西确实在那里”）。弗莱“找到了他要的那个词”，但是，伍尔夫就像她在《到灯塔去》里那样使用叙事，并没有告诉我们那个词是什么；慢慢地、逐渐地，“找到了他要的那个词”让位于无言的谦卑和坚实的信仰，即“他所看到的东西确实在那里”：借由这样的变化，这种接近于模仿欲望的过程，观众开始体验到弗莱所看到的，体验到与他视野的一致性。

几年前，我在爱丁堡，曾跟我父亲一同去聆听钢琴家阿尔弗雷德·布伦德尔（Alfred Brendel）关于贝多芬钢琴奏鸣曲的演示讲座。我们迟到了，到大厅时上气不接下气，浑身是汗。但是里面很安静。布伦德尔坐在桌边，身后有一台音乐会用的大型钢琴。他说着话——更确切地是咕哝着——参考着他的讲座笔记，透过厚厚的眼镜片盯着文本看。他带有很重的奥地利口音，即使身居英国几十年也未曾受到影响。他时常会转向钢琴，弹上几节作示范。可当他引用时，不同寻常的事发生了：即使是弹上几个简短的乐句时，他不再是引述者，而是表演者，不仅是评论家，而且是艺术家兼评论家：在身体表现上，他必须进入类似于出神的状态，来演奏整场音乐会（他那惯常的抖动、似有似无的咀嚼、闭合的双眼、如痴如醉和倾斜欲坠的姿态）。他没法温和地引述音乐，没法像人们读法语台词时并不需要带上“得体”的法国口音那样。可以说，他必须变成得体的法国人。在这个意义上，他无法引述。他只能重新创造；也就是说，他只能创造。令人极为沮丧的是，一次又一次，听着三小节完美演绎的最美妙的贝多芬，不得不突然停下来，取代它的是钢琴家口齿不清的维也纳呓语。继续弹，继续弹，不要停啊！我无声地乞求着。咕哝声很快变得不再有意思或不再重要；人们为了下一段钢琴演绎而活，在美好与美好之间来回摇摆，在凡俗世界的棕褐色涌流之上。他的“引述”盖过了他的评论；他正在逐渐靠近瓦尔特·本雅明所说的一本全由引语构成的书的概念。

或许，用它来跟文学批评作类比并不完美，因为文学批评家缺少这种让他所选的引语发生变化的精准能力，不像音乐家演奏他们的所选曲目那样。但是，就让布伦德尔絮絮叨叨的嘟哝声来代表一种囿于外在性的文学批评吧，一种写文本评论，而非通写文本评论，它是平淡如水的评论，从创造的核心处被驱逐了出去。同时，也让布伦德尔的钢琴演绎、他对同时做到既引述又创造的无能为力，来代替那种通写的文本批评吧，那种既具有批判性又是重新描述的批评。

第四章

世俗的无家可归

I

我以前有个钢琴教师，经常把人们最熟悉的那种音乐节奏——一首曲子在游荡与变奏后回到它原先的调子，即主调——说成是“回家”。音乐里这么做时，似乎很简单：谁又不想狠狠地赶跑那些黑色的临时记号，回到阳光明媚的 C 大调呢？这些由不谐和音到谐和音的令人满意的转变，有时被称作“完美的节奏”；它有一个美妙的亚种类叫“英国节奏”，像塔利斯和拜尔德[1] 这些作曲家就经常使用，在里面，就在人们期待的转变出现之前，一个不谐和音把刀片磨得更加锋利，似乎就要破坏一切时——就在那时，曲子被劝说着回家，再自然不过了。

---

[1] 托马斯·塔利斯（Thomas Tallis, 1505—1585）是英国文艺复兴时期的著名作曲家，他曾为英国国教创作了最早的一批音乐作品，被誉为英国早期最杰出的作曲家之一。与他齐名的是威廉·拜尔德（William Byrd, 1543—1623），他是塔利斯的学生，曾与塔利斯联合出版圣歌集。

我希望能再一次听到英国节奏，如同我一开始在杜伦大教堂里听见的那样。当年我十一岁。晚祷上选读《圣经》，我们这些唱诗班的歌手交头接耳，也许是在偷偷笑话其中一位爱摆架子的牧师——那位在列队走向席位时把合十的双手从胸前朝外的牧师，像极了一条虔诚的鱼——然后我们起身，合唱托马斯·塔利斯的《哦纳塔力士德》(O Nata Lux)。我会唱这首曲子，可并没有仔细地聆听过它。那时，我被它十足的美感震住了——冲击到了，完全俘获了：音律中柔和的宁静，像正义之声；甜美的不谐和音，像痛苦一样令人愉悦。那段不谐和音里带有独特的都铎声韵，在某种程度上是从一个叫作“错误关系”的乐章中产生的。在这个乐章里，你期待在一段和弦的和声中听到的那个音符，被它最近的关系音符——同样的音符，只是低了半个音调——给遮蔽了。塔利斯的曲子快结束时，我看见一个背着帆布双肩包的中年女人从这座大型建筑的后部走了进来，进入阴暗的室内。她站得如此远，孤身一人，像极了偶然路过的游客。但是我认识那个鼓鼓的包，那件我总希望能给人留下更深一点印象的外套，还有我母亲仪态中那急切的正直感。她每个周二下午都来，因为她教书的女校放学早。我的父母住在离大教堂只有一英里左右的地方，不过我还得寄宿；周二下午，在我回学校之前能跟母亲说上几句话，顺便拿走她装在那个包里带来的东西——漫画书和糖果，还有铁打不动的袜子。

在我的记忆里，这就是当时发生的情形：音乐里的光辉、音乐美的呈现、塔利斯的最后节奏，还有我瞥见母亲时的兴奋。可这一切发生在三十七年前，场景里有一种为图方便的梦一般的质地。或许真的是我在做梦而已。随着年岁的增长，我越来越频繁地梦见那座雄伟气派的大教堂——长长的、灰暗又凉快的教堂内部，不知怎的，就像记忆本身一样飘垂在那里。这些感受非常强烈，醒来时我还能听见记忆中那首乐曲里的每一个音符；那是快乐的梦境，从不受扰。我喜欢在睡梦中回到那个地方，甚至渴望能回到那里。

然而，真实生活全然不同。好生奇怪，我回杜伦的仅有的那几次都令人失望。我的父母亲不住在那里了，我也搬离了那个国家。整个城市已经化为梦境。希罗多德说，斯基泰人很难被打败，因为他们没有城市或定居的要塞："他们带着自己的房子，从马背上拉弓射箭……他们的住所就在马车上。如此，他们怎么可能被其他人打败和接近呢？"有家，就是变得脆弱，不仅指面对其他人的攻击，于我们自己彻底击败孤离感而言亦是如此：我们发起的一场场离开与归去的运动，都会变成仅仅是为了发泄的冒险。我曾两度离家——第一次是大学刚毕业时，我跟着从外地去大都市的潮流去了伦敦。我从杜伦的国民西敏寺银行借了1000英镑（账单我到现在还保留着），租了辆单程的小货车，把我所有的东西放在里面，一路向南开去；朝父母和妹妹挥手告别时，我记得当时心里想，这个手势既真诚，又做作得奇怪，一趟获得批准的小说般的旅途。这么说来，我们中的许多人都是无家可归的：大批出走的大爆发。第二次离开发生在 1995 年，当年我三十岁，离开英国去了美国。我娶了一个美国人——更准确地说，我娶了一个美国公民，她父亲是法国人，母亲是加拿大人，是定居在美国的移民。当时我们还没有孩子，美国当然充满了新鲜感，让人兴奋不已。我们甚至有可能在那里住上几年——最多五年？

现在，我已经在美国生活了十八年。要说我没料到会待这么久是不足信的，要说我没希望住这么久，则是忘恩负义甚至是没有意义或不厚道的。我肯定这么希望过，我有了许多的收获。但是，我对可能失去的东西是如此没有概念。假如我年轻时能好好思考下这个问题，“失去祖国”，或者说“失去家”是一个严峻的世界性历史事件，它被强加在受害者身上，人们在文学与理论里为它痛惜，并将它正式称为“流亡”或“背井离乡”，爱德华·萨义德在文章《反思流亡》（Reflections on Exile）中用恰切的终结性为其定义：

> 流亡是如此奇特地让人禁不住去思考它，但是体验起来又非常恐怖。它是强行挡在一个人与他的出生地、自我与它真正的家之间不可弥合的裂缝：它本质上的悲哀永远无法被克服。虽然在文学和历史中，流亡者在一

> 生中确实会有一些英雄人物般的浪漫光辉甚至是成功的事迹，可这些不过是为了克服疏离感致残的悲伤所做的努力而已。流亡带来的成就，会永远被遗落在身后并丧失的东西遮住光辉。

萨义德对自我“真正的家”的强调，略微有一丝神学或也许是柏拉图式的意味在内。如果存在这种普遍的无家可归，无论它是强加的还是自愿的，那么，“真正的家”的概念就确实经历了一些不怀好意的修正。或许，萨义德的言下之意是，被迫的无家可归只会强加于那些有真正的家的人身上，所以总是强化了出生地的纯洁性，而自愿的无家可归——我试图界定的那种更为温和的迁移——则意味着家归根到底不可能是“真正的”。我不认为他的原意是这样——可尽管如此，在传统的解读里，流亡者的荒漠需要原初归属地的绿洲，两者像《圣经》新旧约一样紧扣在一起。

在那篇文章里，萨义德区分了流亡者、难民、侨民和逃亡者。在他的理解中，流亡是悲惨的无家可归，与古代的惩罚手段“流放”联系在一起；他很赞同阿多诺的书《道德的最低限度：一个残缺人士的思考》（*Minima Moralia: Reflections from a Mutilated Life*）的副标题。很难想象，我要描述的那种温和的、自愿的旅程会属于此种苦痛萦绕的宏大图景。“不回家”跟“无家可归”不完全相同。在寄宿学校里用的那个美好古朴的词“乡愁”可能更为适合，尤其当它带有某种双重含义时。我有时会犯起乡愁，它是某种既渴望英国、又因为英国而烦闷的情感：为它而思，因它而愁。我在美国遇见的很多人都告诉我，他们想念祖国——英国、德国、俄罗斯、荷兰、南非——接着又说，他们不能想象回去的场景。我想，思乡情切，不再知道家为何物，同时又拒绝回家，这是有可能的。于是，这种情感上的混乱状态或许就是对放纵的自由的定义，它跟萨义德所说的悲惨的无家可归已经相去甚远了。

从逻辑上讲，拒绝回家应该是从反面肯定了家这个概念，就如同萨义德的流亡概念肯定了一个原初的“真正的家”的概念那样。但是或许，拒绝回家是失去家或没有家的结果：仿佛那些幸运的侨民真正在跟我说的是，“我没法回家，因为我不再知道怎么回家”。并且，存在“家园”和“家”这两个概念。作家们以往常常在书的护封上被描述怎么“安家”：“布莱克默先生在新泽西的普林斯顿安了家”。我在美国安了家，但它并非我的家园。譬如，我并没有强烈的意愿想要成为美国公民。最近，我在波士顿机场时，移民官员说到为什么我持有绿卡这么长时间。“绿卡通常是通往公民身份的，”他说。话中既有恼怒的责备，又有感人的爱国情感。我嘟囔着，大概是说他说得完全正确，然后就此作罢。但是，想想那个姿态里最基本的率真还有慷慨（还有那不可否认的强迫）：很难想象，英国移民官员会如此慷慨地奉上公民身份——仿佛公民身份是能简单地削价出售的服务或商品。他慷慨大方地说："你想成为美国公民吗？"以及不那么大方地："你为什么不想成为美国公民呢？"我们可以想象在希思罗机场听到其中任何一种情感表达吗？诗人兼小说家帕特里克·麦克圭尼斯（Patrick McGuiness）在他的书《他人的国度》（*Other People's Countries*）（此书里有对家和无家可归的详细分析；麦克圭尼斯有一半的爱尔兰血统，一半的比利时血统）里引用西默农（George Simenon）被问及他为什么没有改变国籍时的话："像那些讲法语的比利时成功人士经常做的那样。"西默农回答说："我生为比利时人是没有理由的，因此也没有理由要我不再当比利时人。"我想不那么机智地跟移民官员说些类似的话：原因恰恰是，我不需要成为美国公民，所以接受公民身份太过轻率，把它的种种好处留给那些真正需要一片新土地的人们吧。

因此，不管我在谈论的这个状态，这个"不回家"的状态是什么，它都不是悲惨的；这些特许的哀伤中也许有一些荒唐的东西——哦，给他们唱哈佛的布鲁斯吧，白人男孩！可我正努力描述某种失去，某种消失。（收获足够明显，所以分析起来就不那么有趣了。）在侨居国外的英国记者克里斯托弗·希钦斯（Christopher Hitchens）患上绝症前很久我就问过他，如果他只能活几个星期的话，他会去哪里。他会待在美国吗？"不会。我会去达特穆尔，毫无疑问。"他告诉我。那里有他童年时代的风景。是达特穆尔，而不是休斯敦的 MD

安德森癌症中心。对侨民、流亡者、难民和游客来说，想要死“在家里”的念头很常见。离开如此之久后，回去的欲望兴奋到了非理性的程度，它也许是建立在失去原初的家的前提下（因为拒绝回家也有可能是以家的失去为前提的）。家作为一种情感膨胀着，因为它作为可以企及的现实已经消失了。俄罗斯移民作家谢尔盖·多甫拉托夫（Sergei Dovlatov）的小说《一个外国女人》（*A Foreign Woman*）中的女主人公玛卢思雅·塔塔洛维奇得出结论说，她离开俄罗斯来到纽约城就是个错误，她决心要回去。多甫拉托夫是1979年离开苏联去美国的，他本人也出现在小说里，试图劝她不要这么做。你已经忘记了那里的生活是什么样的，他说：“各种粗暴，各种谎言。”她回答说：“就算莫斯科人粗鲁，那至少也是用俄语粗鲁。”不过她还是待在了美国。我曾经在德国看见塞缪尔·贝克特写给他的德国出版商的书信在做小型展览。许多简短的便条卡片按照时间顺序排列，其中的最后一张写于他离世前的几个月。贝克特用法文而不是德文与他的出版商通信，他用起法文来明显已经如同母语了；但是，在他生命的最后一年，他转向了英文。“是回家”，我心想。

很多年以后，我在美国或是说在我的一小块美国的生活已经成为我的人生。人生是由各种细节构成的：朋友、谈话、种种日常琐碎。比方说，我喜欢某些新英格兰州用写着“密集住宅区”的标志提醒驾驶员，他们正在进入建筑物密集区。

我喜欢哈得孙河，那平缓流淌的棕色水流；通常，我也喜欢大多数美国河流让欧洲河流看上去像苍白病态的溪流的样子。还有“野猪头”卡车的深红色标志，或是邮递员在黑沉沉的冬日下午派送邮件时，在头上戴一个小型头灯，照见下面的一叠叠信件。老式住宅楼里的美式大暖气片发出咝咝声和鬼魂般的哐当声。新罕布什尔有一家杂货店卖冬靴、护手霜、优质熏肉和武器。我特别喜欢“悠着点儿”这个说法，还有那令人震惊的事实，也就是人们居然相互间说着这话！现在，我甚至喜欢那些绝对会让英国人目瞪口呆的东西——比如说美式运动，或是如下这些事实：fortnight 这个单词不存在，乳脂软糖就是巧克力，还有似乎没有人会准确地读对 croissant、milieu 或是 bourgeois 这些词。

即使如此，某种属于外来人领域的现实总是存在的。以美妙的美国火车鸣笛声为例，你在整个国家的任何地方都能听见破碎的一声接一声的电喇叭鸣响——夜晚，声音穿过新罕布什尔州的山谷，在我住的某个中西部小镇的街道的尽头：一阵阵音符，化作流畅的、久久回荡的哀鸣声。听起来与其说像喇叭声，不如说像草原上突如其来的一阵风，或是动物的嚎叫。对我来说，那种流畅的大声哀号就是美国之声，不管美国到底是什么。不过，它肯定对成千上万或好几百万的非美国人来说也是“美国之声”。它是大家共有的财产，不是私人的。我置身于它之外，隔着一些距离欣赏它。它对我来说缺乏历史感:里面没有我的过往，拖不出来关于过去的联想。(我还是孩子时，我家住在离杜伦火车站大约半英里的地方，从我的卧室里，晚上可以听见黄鼻子的大型“三角洲”柴油机车拖着破旧的车厢驶在维多利亚时期的铁轨上发出的无节奏的轰隆声，铁路蜿蜒着出城，通往伦敦或是爱丁堡，有时，机车会按响它那劣质的喇叭——吹响英国铁路的小三度音。)

或者说，假设我在盛夏时节顺着我们所住的波士顿大街望过去，能看到熟悉的生活场景：木隔板房子、门廊、笼罩在修补过的道路上方的热霾（长蛇状的柏油路像黑糊糊的口香糖)、灰色的水泥人行道（水泥新铺上去时，有三个年轻的兄弟姐妹在上面留下了印迹)、茂盛的枫树、路尽头蓬乱的柳树、一辆保险杠上贴着“特德 · 肯尼迪杀的人比我的枪还多”贴纸的老式白色卡迪拉克，而我的心里……什么感觉也没有：有些熟悉，但无法领悟，没有真正的联结，没有过往，即使我在那里住了这么多年，与所有的一切却只有努力维持的距离而已。一阵惊慌忽然涌上我的心头，我纳闷着：我是怎么走到今天这一步的？然后，这一刻就这么过去了，须臾间，平庸的生活便将自己逼向了某种仿如匮乏之绝望的东西当中。

爱德华 · 萨义德说，流亡者通常都是小说家、棋手或是知识分子，这丝毫不奇怪。“流亡者的新世界是不真实的，这在逻辑上足够合理，它的非现实性与小说相像。”他提醒我们，捷尔吉 · 卢卡奇把小说看作是他称为“超验的无家可归”的伟大形式。我当然不是流亡者，但是萨义德提到的“非现实性”有时真的很难摆脱。我看着我的孩子们作为美国人而长大，就如同我在阅读或创造虚构的人物一样。他们当然不是虚构的，但他们的美国性有时在我看来是不真实的。“我有个孩子在美国读七年级”，我看着十二岁的女儿在体育馆举行的一次可鄙的学校活动中表演时惊讶地告诉自己。毫无疑问，在孩子成长的每个阶段都会有惊奇出现——一切都是意想不到的。但是，也存在那种奇怪的距离，疏离感的轻薄面纱盖住了所有的一切。

然后，等我回英国时，同样的轻薄面纱也盖住了所有的一切。我刚开始住在美国时，非常渴望能跟得上“家里”生活的节奏——谁进了内阁，新的音乐，人们在报纸上说些什么，学校的情况怎么样，汽油的价格，朋友们的生活状况。这么做越来越难，因为这些事情的意义变得越来越小，越来越无关个人。对我而言，英国的现实消失在了记忆中，如拉金所言，“变作了过往”。关于伦敦、爱丁堡或杜伦的现代日常生活，我知之甚少。我回去时总有一种乔装改扮的感觉，仿佛我是在试穿我的结婚礼服，看看还合不合身。

在美国，我渴望已经消失了的英国现实；童年有时看上去近在咫尺。可乔装改扮的感觉仍然挥之不去：我大口大口地以怀旧和情感记忆为食，可要是我还住在英国，这些记忆也许会令我尴尬。杰夫·戴尔（Geoff Dyer）在《一怒之下》（*Out of Sheer Rage*）中写过一段有趣的话，说他住在意大利时是如何养成了阅读英国报纸上的电视节目表的癖好的，即便他住在英国时从来不看电视，也不喜欢看电视。在美国新闻节目里听到泰恩赛德的口音，我因憧憬而激动不已：那种方言里的跳动，夹杂着让人晕船的斯堪的纳维亚的音调。所有那些传说中的泰恩赛德词汇：segs（你往鞋跟上用力钉上的金属板，好让鞋子踩在地上时摩擦出火花，十足的硬汉范儿）；kets（糖果）；neb（鼻子）；nowt（一无所有）；stotty-cake（一种扁平的、松软的面包）；claggy（黏性的）。北方人表示感叹时说"咦"的样子："咦，今天热爆了！"（只要温度高于 20 度就这么说。）近来，我在国家公共广播台听到那首老歌《等那船儿回家来》（When the Boat Comes In）时，几乎落泪。

快来这里，小杰基
我已抽了好多烟，
我们来吃点饼干
等那船儿回家来。
你会有条小鱼鱼
放在一个小盘盘，
你会有条小鱼鱼
等那船儿回家来。

可我小时候真的不喜欢那首歌。我从不会说地道的北方口音。我父亲出生在伦敦，对我那苏格兰小资产阶级出身的母亲来说，我说话时没有泰恩赛德口音，不像当地的孩子，这一点很重要。小伙伴们过去常常在话音里带着些许威胁的口气说："你说话不像是杜伦的小伙。你从哪里来的？"有时候，模仿下口音是必要的，为了融入进去，或者避免被人揍。我永远也不会像歌曲《回家来纽卡斯尔》（Coming Home Newcastle）里的那个人那样傻兮兮地说："我很自豪是泰恩赛德人 / 生活在泰恩赛德的土地上。"

我住的小镇上有大学和教堂——看上去，几乎所有住在我们那条街上的人都是学者（跟我父亲那样），或是神职人员；他们说起话来不像是泰恩赛德人。所有那些邻居在我的脑海里是那么生动形象！他们又是那么奇怪。我现在以为，在二十世纪七十年代里，我抓住了可被允许的怪癖正在消失的彗星尾巴。那位乔利太太，走路用三根拐杖，一根支撑左腿，另外两根（用线捆在一起）支撑右腿。那位研究古典金石学的干瘪瘦弱的讲师福勒博士，喜欢把《圣经》里的那句话当座右铭反复念叨，"不要在迦特报告！"[1] 与我们只有一墙之隔的邻家，住着一位非常博学的学者，他是大学里的图书管理员，精通

---

[1] "不要在迦特报告！"（Tell it not in Gath!）出自《圣经·撒母耳纪》，用在日常英语里的意思是"不要把消息告诉不怀好意的人！"。

多门语言，能背诵狄更斯作品里好几页的内容，有时候我们能听见他走来走去，边背诵边哈哈大笑。他稚气未脱，随和天真，就像是狄更斯书里走出来的人物：有一天，他与我父亲同在去大学的公共汽车上，他大声发表着观点，让我父亲极为尴尬："你可以说，沃尔沃斯购物中心的女服务员就是世间不学无术的渣滓。"这个学术与宗教的世界里有着晦涩的禁令与规则。有位历史学者出于某种缘由，不让他两个头发略带绿色、聪明绝顶的女儿看电视台播放的《福塞特世家》（*The Forsyte Saga*）；还有个节俭的神学教授，家里没有电视，听我母亲说，他在圣诞节那天总是吃香肠，从来不吃火鸡——他们家的古怪和乏味在我童年的脑海里留下的印象，封存在他和他妻子还有三个孩子互相之间只送棉手帕当礼物这件事上。我们杜伦唱诗班学校的校长也是一位神职人员，他有一套复杂的记忆法系统，帮助我们记忆困难的拉丁语词汇。每当文章里出现 unde 这个词时，他会吸一口烟，用牛津人的男低音吟诵道："马莎百货，马莎百货！"这是要提醒我们："你们从哪里买裤衩 (undies) 的？"（裤衩 = 内裤。）"从马莎百货。"然后这又会把我们引到 unde 这个词的意思上，意思是："从哪里。"看到了吧，我记得好好的呢。

II

布鲁克林的文学期刊《n+1》上最近出了一篇社论，猛烈抨击所谓的"世界文学"。在他们看来，后殖民写作已经失去了它的政治尖锐性，现在，它没有獠牙的面孔正在全球资本主义的食槽里陶醉。拉什迪的《午夜之子》(*Midnight's Children*) 可以说让位给了不得罪人的《她脚下的土地》(*The Ground Beneath Her Feet*)。这篇文章认为，世界文学真应该叫全球文学。它有忠实的拥护者，像库切和翁达杰，莫欣·哈米德（Mohsin Hamid）和基兰·德赛（Kiran Desai）；有文学奖项（诺贝尔、国际曼布克），有文学节（斋浦尔、海伊[1]），还有知识分子支持体系（大学）。编者说，世界文学的胜利是资本主义取得成功和全球化审美的副产品，全球化审美青睐像奥尔罕·帕慕克（Orhan Pamuk）和村上春树这些在大家看来超越了地方主题并获得"普世价值"的作家。

《n+1》既然已经如此有理有据地批驳了这一对象，我们就很难不赞同它所发起的嘲笑。谁会有可能去赞赏这种自满自得、受累于种种节日、不停变换群体、为获奖而生的怪物呢？谁又不会像编者们那样，更加推崇一种"具有争议的国际主义"而非"优雅稳当的全球化"，推崇不可译的喜乐而非夸夸其谈的广博——青睐埃莱娜·费兰特（Elena Ferrante）而

[1] 分别指在印度城市斋浦尔（Jaipur）举行的斋浦尔文学节和威尔士瓦伊河畔的海伊镇（Hay-on-Wye）举行的海伊文学艺术节。

不是卡米拉·沙姆希（Kamila Shamsie）呢？最终，该文学期刊真正辩护的，是写作精良、必不可少、极具挑战性同时又充满尖锐性的地方特色的文学，不管它出现在世界上的什么地方；因此，它所选取的“具有争议的国际主义者”的正典，不可避免地带有一点主观性：埃莱娜·费兰特、基里尔·梅德维杰夫（Kirill Medvedev）、萨曼斯·萨勃拉曼尼亚（Samanth Subramania）、胡安·维洛罗（Juan Villoro）。

然而，或许后殖民文学不仅仅演变为了膨胀的世界文学。它的新分支中有一条也许是当代文学的一个重要部分，能在无家可归、流离失所、移居国外、自愿或经济移民，甚至是四处闲逛的旅游业这类主题之间来回穿梭并有力地处理它们，这种文学模糊了《反思流亡》里划定的界线，因为移居本身已经变得更为错综复杂和难以归类，它的分布也更为广泛。《n+1》的编者们在社论里赞扬泰居·柯尔（Teju Cole）的《不设防的城市》（*Open City*）时就这么承认了。泰居·柯尔是住在纽约的尼日利亚裔作家，他的第一部小说由一个一半尼日利亚血统、一半德国血统的年轻精神病学实习医生叙述，把人们熟悉的后殖民要素与W.G.塞巴尔德的闲逛式流亡情结融合在了一起。看上去，柯尔是得到肯定了，不过，他并不是成为“具有争议的国际主义者”的料。

与《不设防的城市》可以归为一类的，还有W.G.塞巴尔德的作品，帕特里克·麦克圭尼斯的《他人的国度》，尼日利亚小说家泰耶·斯雷西（Taiye Selasi）的作品，约瑟夫·奥尼尔（Joseph O'Neill）的《地之国》（*Netherland*），这本书在身为小说叙述者的荷兰银行家享有特权的经济移民与作为本书悲剧主人公的特立尼达骗子的弱势移民之间做了严格的区分；此外还有波斯尼亚裔美国作家亚历山大·黑蒙的作品，玛丽莲·罗宾逊的《家园》，梅维斯·珈兰（Mavis Gallant）的短篇故事，这些短篇故事是由一位大半辈子在巴黎生活的加拿大人写的，齐亚·哈德·拉赫曼（Zia Haider Rahman）那令人惊叹的首部小说《基于我们的知识》（*In the Light of What We Know*），杰夫·戴尔的部分作品，出生在越南的澳大利亚作家黎南（Nam Le）写的故事，印度小说家阿米特·乔杜里（Amit Chaudhuri）的虚构作品和文章。

V.S.奈保尔在《抵达之谜》（*The Enigma of Arrival*）里谈及的那"即将发生在二十世纪下半叶的庞大的人口移动"，用他的话来说，是"在所有大陆之间进行的移动"。它不再能被局限在一个单一的范式里（后殖民主义、国际主义、全球主义、世界文学）。飞机发动机产生的影响或许比互联网更大，它把尼日利亚人带到纽约，把波斯尼亚人带到芝加哥，把墨西哥人带到柏林，把澳大利亚人带到伦敦，把德国人带到曼彻斯特。它在 1981 年把将会成为《n+1》创办编辑之一的名叫基思·盖森（Keith Gessen）的小男孩从俄罗斯带到美国，现在又带着他在不同的国家之间往来奔波（这样的自由是纳博科夫或谢尔盖·多甫拉托夫这些早年的俄罗斯流亡者完全无从知晓的)。

回想一下卢卡奇的说法:“超验的无家可归”。我试图用我自己的人生和其他人的人生来描绘的,更像是世俗的无家可归。它无法像超验的事物那样拥有神学威望。或许,它甚至算不上是无家可归,*离家不归*(夹杂了失去在内)可能才是恰当的新说法:在这其中,把某个人与家园维系在一起的纽带*松开了*,也许是欢喜地,也许是忧伤地,也许是永远地,也许只是暂时地。很显然,这种世俗的无家可归有时会与移居、流亡和后殖民迁移这些更为固定的种类相重叠。很显然,它有时会与它们相偏离。德国作家 W.G. 塞巴尔德成年后的生活大部分在英国度过(所以他也许算是移居者,当然算是移民,却未必是逃亡者,也不是流亡者),他对不同种类的无归属感有着敏锐的意识。二十世纪六十年代中期,身为研究生的他从德国来到曼彻斯特。他曾回到瑞士待了很短的一段时间,然后在 1970 年又回到英国,在东安格利亚大学接受了一份教职。他自己的移居类型属于世俗的无家可归或是离家不归的一种。他有足够的经济自由可以回到西德,当他在二十世纪九十年代中期成名后,他几乎可以去任何他想去的地方工作。

然而,塞巴尔德所感兴趣的,并不是他自身的游荡,而是一种接近于悲剧或超验的无家可归的移居和流离失所。在《异乡人》(*The Emigrants*)中,他描述了四个这样的游荡者:

亨利·塞尔文医生是在二十世纪初来到英国的立陶宛犹太人，他以英国医生的身份过着偷偷摸摸的伪装生活，最终在晚年自杀了；保尔·贝雷特是一个德国人，由于他有一半的犹太血统，所以被禁止在第三帝国教书，他从来没能从这个挫折中走出来，最后自杀了；塞巴尔德的叔祖父阿德瓦特在二十世纪二十年代到了美国，为长岛一户富裕人家帮佣，最后去了纽约伊萨卡的一家精神病院；马克斯·费伯是一个以画家弗兰克·奥尔巴赫（Frank Auerbach）为原型的虚构人物，1939 年，他把双亲留在了德国，只身逃去了英国。

《异乡人》出版后，总是被人们描述成一本关于大屠杀期间四个受害者的书，其实不然——移居者中只有两人才是直接受害者。由于这本书深刻地探讨了虚构性、解读和档案见证这些问题——也因为书里的照片有调侃的意味——人们经常认定，这些都是虚构的或虚构化了的素描。事实正好相反。它们更像是纪实性的生平考证；塞巴尔德在一次采访里说，照片中大约有九成“你会说是真实可信的，也就是说，它们的确来自那些文字里所描述的人物的照相簿，是证明那些人以那种特定的样子和形态存在过的直接证据”。塞巴尔德确实在 1970 年见过塞尔文医生，保尔·贝雷特则是塞巴尔德的小学老师，他的叔祖父阿德瓦特在二十世纪二十年代移民去了美国，马克斯·费伯的生活是严格地以弗兰克·奥尔巴赫为原型的。

所有这些都说明，塞巴尔德以各种隐微、模糊和虚构的方式丰富了纪实的证据。而其中一个隐微之处就是他身为一个移居者与他笔下人物的关系。亨利·塞尔文和马克斯·费伯是政治难民，来自二十世纪犹太人大逃难的不同批次；阿德瓦特是经济移民；保尔·贝雷特成为了内在移民[1]，他是战后的德国幸存者，最终却没有幸存。那么塞巴尔德呢？相比之下，他自己的移居所扮演的角色似乎就是次要的了。官方允许他不管什么时候只要愿意就可以回到他的祖国。但是，也许出于政治原因，他已经决定再也不回去，再也不会回到那个国家，它在二十世纪六十年代里的战后未竟之业令他感到厌恶。

塞巴尔德本人在《异乡人》中是幽灵般的存在。书里只提供给我们有关这位德国学者在英国的几个短暂瞬间。不过，作家是以另一种方式强烈在场的，读者感受到他对在场既克制又歇斯底里的坚持。这位如此有声望的教授是谁啊，他是如此执着地关心笔下人物的生活，不惜穿越欧洲或是大西洋去采访他们的亲戚，遍寻他们的档案，对着他们的照相簿发愁，追随着他们的旅途脚步？第一个故事里有一个美妙场景，是关于亨利·塞尔文医生的，文本扫视了下塞巴尔德自己不那

[1]　内在移民（inner emigrant）这一词汇是用来形容在1933年纳粹政府上台后，那些反对纳粹政府却又选择留在德国的德国作家，他们与真正被驱逐出德国过着流亡生活的作家形成对照。

么重要的无家可归，然后把目光转向了别处，仿佛是在礼貌地让渡它对悲剧那小小的占有：

> 这些拜访中有一次，克拉拉去了城里，我和塞尔文医生进行了一番长时间的交谈，起因是他问我有没有想过家。我想不到合适的答案，不过塞尔文医生停下来想了想，然后承认说（没有其他合适的词），近些年，他越来越受到思乡情感的折磨。

塞巴尔德接着描述了塞尔文医生对他七岁时不得不离开的立陶宛小村庄的思念。我们得知他骑马去车站，搭火车去里加，从里加再搭船，然后抵达一个宽宽的河口：

> 所有的移民都聚到甲板上，等待自由女神像从朦胧的薄雾中出现，因为他们中的每一个人订的都是去亚美利加的票，我们是这么称呼它的。上岸时，我们仍深信不疑，踩在脚下的就是新世界的土地，是纽约这座应许之城的土地。可说实话，直到后来我们才失望地发现（那时船早已起航了），我们是在伦敦上的岸。

我发现，让人感动的是塞巴尔德的思乡之情如何变成了塞尔文的，它又是如何被更大的叙事那更强烈的占有欲吞没的。我们只能在塞巴尔德拘谨地表达痛苦之情的旁白里去揣测他强忍着的苦痛，“我想不到合适的答案”。或许，在塞巴尔德的英语里——这种独特含蓄的旧式散文体用的英语先是由译者迈克尔·赫尔斯翻译，然后再由这位操着两种语言的作家费力地修改——或许也有某种疏远和无处安放到令人动容的东西在内。

塞巴尔德似乎知道思乡和无家可归、离家不归和无家可归之间的区别。如果说有苦痛的话，那么他同样也能明辨轻重：我的损失怎能足够与你的损失相比呢？当流亡经常以分离的专制主义为标志时，离家不归则是以某种特定的暂时性和某种不会结束的出走与回归的结构为标志。这是亚历山大·黑蒙的作品里一个强有力的题旨。黑蒙于 1992 年从萨拉热窝来到纽约，却发现他的家乡被团团围困，他回不去了。黑蒙在美国待了下来，学着怎么写一手精彩的纳博科夫式的英语（他的成就其实比纳博科夫的要大，因为那是以极其显著的速度取得的），然后在 2000 年出版了他的第一本书《恐怖分子》（*The Question of Bruno*）（题献给他的妻子，还有萨拉热窝）。波黑战争一结束，黑蒙就可以回到他的故乡了。本来没得选的事，现在有了选择；他决定使自己成为一名美国作家。

黑蒙的作品展现了他的出走与回归。在中篇小说《瞎子约瑟夫·普罗涅克和死去的灵魂》（*Blind Jozef Pronek & Dead

Souls）里，普罗涅克借着交换生的项目来到美国。跟黑蒙一样，普罗涅克从萨拉热窝来，受困于战争，只能待在美国。他发现美国是一个令人困惑的冷漠之地，充满了粗鄙与无知。在故事接近尾声的地方，他回到萨拉热窝时，读者盼着他能留下来。虽然城市受损非常严重，熟悉的地标建筑已经消失了，可他似乎还是回到了他“真正的家”——在那里，“每个地方都有名字，那个地方的所有人和所有事物都有名字，你永远不会身处无名之地，因为到处都有某样东西。”看来，萨拉热窝就是名与物、字词与所指最初结合的地方。他仔细地参观着父母的公寓，每样东西都摸一摸：

> 干干净净的条纹桌布；有着七个象牙色按钮的收音机上贴着一张唐老鸭的贴纸；露出大大的笑容的非洲面具；有着复杂但熟悉的几何图案的地毯，上面布满了裂缝，地毯下面的镶木地板不见了，正在角落里一个生锈的铁炉子里燃烧；小咖啡杯、咖啡研磨机、汤匙；父亲潮湿的西装，上面有弹片的擦痕……

不过约瑟夫并没有留下来，中篇小说结束时，我们看到他出现在维也纳机场，即将登上前往美国的航班：

> 他不想飞去芝加哥。他想象着从维也纳步行到大西

洋，然后跳上一艘跨越大西洋的慢轮。要花上一个月才能跨越大洋，而他会在大海上，四处都看不到有陆地和边境。接着，他会看见自由女神像，然后缓缓地走向芝加哥，一路上想停就停，跟人们搭话，把远方的故事讲给他们听，那里的人们吃蜂蜜和泡菜，那里没有人在水里放冰块，那里的鸽子在餐具室里筑巢。

仿佛搭飞机飞行在存在实践上是肤浅的，缓慢的旅行才会让变化的庄严性与艰巨性体现出来。普罗涅克回到美国，但必须带着他的家一起回去，必须把家乡那令人费解的故事——餐具室里的鸽子、蜂蜜和泡菜——试着说给别人听，而那些人很容易把波斯尼亚与斯洛伐克混为一谈，觉得这场战争是“几千年来的积怨”，不值得大惊小怪。同时，他也在美国建立了一个新家。又不完全是：因为他虽然会待在美国，可似乎永远也摆脱不了水中放冰块是愚蠢的多余之举这种想法。并且跟塞巴尔德一样，虽然两人的语言风格不尽相同，黑蒙的行文读起来既不流利也不地道——是略微有点无家可归的文体。他跟他的前辈纳博科夫一样，喜欢用移民们常用的双关语，在意思单一化或废弃不用的英语词汇里寻找埋藏的意义，比如“拷沙嚼蜡”和“吓煞”这些词。他笔下有个人物留着“如圣贤般的胡须”，另一个戴着“窗牖般厚的眼镜”。茶被描述为“清澄的”。

流亡是严重且不可把握的重大事件，而离家不归呢，由于它沿着出走与归去的轴线运动，所以可以是单调、惬意且必要的，也可以持续不断地进行。有从外省到大都市的迁移，也有从一种社会阶层到另一种的移动。我母亲的历程是从苏格兰到英格兰，我父亲的历程是从工人阶级到中产阶级，我则是从杜伦到伦敦的短短一段车程。《虹》里，厄秀拉·布朗温为了出走而奋斗，她与父亲发生争吵，吵着要离开她在中部地区的家，去泰晤士河畔金斯顿当老师——用她父亲的话来说："离家出走去伦敦的另一边。"

我们中的大多数人不得不离开家，至少一次；离开是因为有必要，而回来又很困难，然后在生命中后来的日子里，当父母开始蹒跚而行时，就有必要回来了。世俗的无家可归，而非具有独特极端性的流亡或是《圣经》里受到上帝垂爱的大离散，可能是无法避免的日常状态。世俗的无家可归不仅仅是伊甸园里总会发生的事，而且是应该一次又一次发生的事。伊斯梅尔·卡达莱（Ismail Kadare）那本伟大的小说《石头城纪事》（*Chronicle of Stone*）在结束部分有一节写得很美，那一节叫作"纪念牌匾的草图"。卡达莱于 1936 年出生在阿尔巴尼亚南部的城市吉诺卡斯特，但他的大部分写作生涯是在巴黎度过的。《石头城纪事》是献给他留在身后的古老故乡的快乐而幽默的颂词。在书的结尾，卡达莱直接诉诸故乡："经常地，我在沿着外国城市宽阔又明亮的林荫大道大步行走时，不知怎的就会在无人跌倒的地方被绊倒。路人惊奇地转过头，不过我总知道是你。你突然从沥青路面中冒出来，然后又径直沉到路面以下。”这是卡达莱对普鲁斯特小说里那个瞬间精致又平凡的仿写，在普鲁斯特的小说里，马塞尔在盖尔芒特的庭院里绊倒在不平坦的石头之上，接着回忆就打开了闸口。

然而，如果它不绊倒你，你就什么也回想不起。对这位流亡的作家而言，回到吉诺卡斯特生活无疑是不可想象的，就如同在巴黎生活对当年在阿尔巴尼亚的年轻的卡达莱来说不可想象一样。不过，没有羁绊的人生也是不可想象的：或许，在两个地方之间、在两者中都没有在家的感觉，这是无法避免的堕落状态，几乎跟在一个地方待着有家的感觉一样自然。

III

是几乎，但又不完全是。十八年前，我离开英国前往美国时，当时并不知道离开会如何神奇地消除归去的可能：我怎么可能会知道？这是时间带来的一个教训，只有在时间中才能学会。离开生我的祖国，在外生活这么多年，这么做的奇特甚至是惨痛之处在于，我慢慢认识到，许多年前我做了一个重大的决定，而这个决定在当时并不像是重大的决定；我花了很多年的时间才明白这一点；这种回顾时的领悟事实上构成了一个人的人生——确实是度过人生的一种方式。弗洛伊德提出过一个有用的词，叫“事后性”，我要借用它，即便付出的代价是把它从它特有的不同语境中硬生生地抢过来。思考家与离家，思考不回家与不再感觉能够回家，就是浑身被充满一种很显著的“事后性”的感觉：现在要采取措施为时已晚，知道应该采取什么措施也为时已晚。而那都是无关紧要的了。

我在苏格兰的外祖母过去常常玩一种游戏，她进屋时把双手放在背后，你要猜一猜她哪只手里有糖。她会吟诵道：“你宣哪只手，堆的还是搓的？”（“你选哪只手，对的还是错的？”）我们还是孩子时，决定一下子就能做出来：你要不惜一切代价避免那只空空的“搓的手”带来的失望。

我当时选了哪只手？

致谢

本书的前三章是我为 2013 年 4 月布兰迪斯大学曼德尔人文中心举办的曼德尔讲座而写，但本书收录的在成文上与之稍有出入。我非常感谢布兰迪斯大学及其中心主任拉米 · 塔戈夫教授邀请我前去做这些讲座。我也非常感谢迈克尔 · 威尔里奇教授的盛情款待。第一章的一个版本曾发表在《纽约客》上，第二章和第三章的部分节选发表在《密歇根季刊》和《n+1》上。谨此向这些期刊的编辑们致以谢意。

第四章一开始也是为讲座而作，那是由大英博物馆和《伦敦书评》共同举办的系列讲座，于 2014 年 2 月在博物馆举行。此文后来又发表在《伦敦书评》上。我非常感谢博物馆的主任，让我有此殊荣能使用它的华丽礼堂，同时也对《伦敦书评》的编辑玛丽 - 凯伊 · 威尔莫斯深表感谢，感谢她邀请我做此讲座，感谢她身为编辑和东道主如此地慷慨大量。

马克·格雷夫曾友好地将他的文章《所有可用之物》在发表前赠我一读，另外马修·亚当斯也曾无意间给我寄来纳博科夫《文学讲座》里的一篇文章，这些都对我大有裨益。我希望能向他们表示谢意，虽然这并不意味着他们一定会赞同本书的所有内容。

注释

题词

“艺术是最接近生活的事物”：摘自《德意志生活的自然历史》，George Eliot, *Selected Essays, Poems, and Other Writings* (Penguin Classics, 1990), 110.

1

5“每个人都会死”：“Literature and the Right to Death”，trans. Lydia Davis, in Maurice Blanchot, *The Work of Fire* (Stanford University Press, 1995), 337.

10“乳房变得重要”：D.H. Lawrence, *The Rainbow* (Penguin Classics, 2007), 178.

10“他身材修长，在她的眼里”：Lawrence, 421.

11“任何事情都允许做”：参见陀思妥耶夫斯基著，《卡拉马佐夫兄弟》第11卷。

12“对艺术家而言，对‘真相’的全新体验”：Thomas Mann, *Essays of Three Decades*, trans. H.T. Lowe-Porter (Knopf, 1976), 330.

13 柯勒律治一样：Coleridge,*Biographia Literaria*, ed. Nigel Leask (Everyman/Dent, 1997), 293.

15“你不要死，先生”：Cervantes, *Don Quixote*, trans. John Rutherford (Penguin Classics, 2000), 980.

16“我们的整个人生只是一个插入句”：John Donne, “Sermon Preached to the Countesse of Bedford, at Harrington House”, 1620 年 1 月 7 日。最佳版本可在网上获得，BibleStudyTools.com（The Works of John Donne, Volume 4）：http://www.biblestudytools.com/classics/the-works-of-john-donne-vol-4/sermon-cxi.html 曾于 2014 年 6 月 11 日访问。

17 瓦尔特 · 本雅明的观点：Walter Benjamin, “The Storyteller”, in *Illuminations*, trans. Harry Zohn (Fontana, 1973), 83-109.

18“曾经是，我们说他是”：Thomas Bernhard, *The Loser*, trans. Jack Dawson (Vintage, 2006), 40.

19 纳博科夫喜欢说：Vladimir Nabokov, *Strong Opinions* (Vintage, 1990), 93.

20“毕司沃斯先生总共在查斯住了六年”：V. S. Naipaul, *A House for Mr. Biswas* (Vintage, 2001), 174.

21“好吧，这个费希特真是走运”：Penelope Fitzgerald, *The Blue Flower* (Mariner Books, 1995), 80.

22“一个特别的念头划过奥古斯特男爵夫人的脑际”：Fitzgerald, 161.

23“十八世纪九十年代末”：Fitzgerald, 226.

25 古典历史学家罗宾 · 莱恩 · 福克斯: Robin Lane Fox, *The Unau-thorized Version: Truth and Fiction in The Bible* (Knopf, 1992), 404: "旧约里只有一次意外死亡：站在所罗门面前的妓女在睡梦中闷死的那个婴儿；它的死去对所罗门王的审判这一故事至关重要。就连疾病都是上帝的惩罚，或是在提示，要由先知们特意去治愈。因为虽然上帝并非万事万物的主因，但他是无时无刻不在场的代理人，世界乃是由他创造。"

26 "一个人的一生是各种事情的集合"：Italo Calvino, *Mr. Palomar* (Vintage Classics, 1999), 111.

2

29 "一位身材矮小、背有点伛偻、戴着眼镜的军官"：Anton Chekhov, "The Kiss" , in *Early Stories*, trans. Patrick Miles and Harvey Pitcher (Oxford, 1994), 172.

35 "那傲人的上身"：Henry Green, *Loving* (Penguin, 1978), 76.

35 "你有那么多的故事"：Green, 79.

36 "你就站在那里告诉我埃尔登先生也撞见过他们？"：Green, 121.

38 苏格兰诗人罗宾 · 罗伯特森: "Crimond" , in *Hill of Doors* (Picador, 2013), 63.

41 "从猪圈飘来粪便有毒的酸臭味"：Aleksandar Hemon, "Exchange of Pleasant Words" , in *The Question of Bruno: Stories* (Vintage, 2001), 111.

42 "绘画就是观察"：John Berger, *Berger on Drawing*, ed. Jim Savage

(Occasional Press, 2005), 71.

43“鲜亮嫩绿的叶子钻过坚硬的百年老树皮”：Leo Tolstoy, *War and Peace*, trans. Richard Pevear and Larissa Volokhonsky (Knopf, 2007), 422. 这一段落出现在该小说的第二卷第三部分第三章中。

43“紧致的海狮般的外皮”：Jean-Paul Sartre, *Nausea*, trans. Robert Baldick (Penguin, 2000), 186.

45“奇特的是，所有的大树都有自己的个性”：Karl Ove Knausgaard, *My Struggle: Book Three*, trans. Don Bartlett (Archipelago, 2014), 80.

46“他们觉得很尴尬，乒乓球蹦得老高”：Bellow, 107.

47“耷拉着的维多利亚式肩膀”：“Kangaroo”, in D.H. Lawrence, *The Complete Poems* (Penguin, 1971), 393.

47“黑乎乎的瘪了气的网球”：摘自 Aleksandar Hemon, *The Question of Bruno: Stories* (Vintage, 2001), 89.

47“像一只道德训诫的猫头鹰那样”：“Letter to N.Y.”, in Elizabeth Bishop, *The Complete Poems* (The Hogarth Press, 1984), 80.

47“抖动着翅膀”：Adam Foulds, *The Quickening Maze* (Penguin, 2010), 51.

48 纳博科夫关于陌生化效应的伟大笑话：Vladimir Nabokov, *Pnin* (Penguin, 1960), 52-3:“直到工人来到这条街——普宁格勒，脑壳街，开始在街面上钻洞时为止，因为他们钻了又填，填了又钻，一阵拉锯似的邪恶的颤动，又是一阵令人惊奇的停顿，一连干了好几个星期，而且他们好像再也找不到那件错埋了的宝贝工具似的。”

50“在目光所及之处变得越来越小”：Karl Ove Knausgaard, *My Struggle:*

Book Three, trans. Don Bartlett (Archipelago, 2012), 386.

52“我朝里望了望麦肯恩”：“Something to Remember Me By”, in Saul Bellow, *Collected Stories* (Penguin, 2001), 435.

53“二流的作家只剩下对司空见惯之物的花哨装饰”：Vladimir Nabokov, *Lectures on Literature* (Harcourt Brace, 1980), 2.

53“感到那么一阵愉悦的颤抖”：“Of Cruelty”, in. Michel de Montaigne, *The Complete Works*, trans. Donald M. Frame (Everyman's Library, 2003), 375.

54“触须被弄弯了”：Saul Bellow, *Herzog* (Penguin, 1965), 113.

54“为了显示自己生命的迹象而四处乱击”：Rachel Kushner, *The Flamethrowers* (Scribner, 2013), 56.

55“能感受到已逝之物的生命”：摘自 Marilynne Robinson, *Housekeeping* (Picador, 2004), 124.

55“这一事实让我们满怀希望”：*ibid*, p. 194.

55“专注力”：Walter Benjamin and Theodor Adorno, *The Complete Correspondence, 1928-1940* (Polity, 2003), 66-71.

55“假如思想真正地臣服于客体”：Theodor Adorno, *Negative Dialectics* (Continuum, 1973), 27-8.

3

60“在一种完全与文学不沾边的的工人阶级背景下”：Novels and Novelists: A Guide to the World of Fiction, ed. Martin Seymour-Smith

(Windward Books/W.H. Smith, 1980), 84-5. 接下来所有的引用均来自于这一版本。

70 发明了“实用批评”这一术语：参见 Coleridge, *Biographia Literaria*, 第 15 章，第 186 页：“在将这些原则运用至实用批评的目的中时……我尝试着去发现诗歌中有哪些特质……”

71“批评的主要理想在我看来”：Mark Greif, “All There is to Use”, in *The Critical Pulse: Thirty-Six Credos by Contemporary Critics*, ed. Heather Steffen and Jeffrey J. Williams (Columbia University Press, 2012), 237-44.

71“单纯的思考力”：参见“On the Knocking at the Gate in *Macbeth*”, in Thomas De Quincey, *On Murder* (Oxford University Press, 2006), 3-7.

74 伟大的短篇小说家尤多拉·韦尔蒂：Eudora Welty, *The Eye of the Story* (Vintage, 1990), 139.

75 当柯勒律治写到斯威夫特：*Specimens of the Table Talk of the late Samuel Taylor Coleridge*, Volume 1 (John Murray, 1835), 178.

75 当亨利·詹姆斯说：“Honoré de Balzac”, in Henry James, *The Critical Muse: Selected Literary Criticism*, ed. Roger Gard (Penguin, 1987), 352. 关于巴尔扎克的这篇文章最早问世于 1902 年。在 1893 年的一篇更早的关于巴尔扎克的文章中，詹姆斯给出了这一说法，算是“预演”：“他 [福楼拜] 看上去真像是一个妥妥的本笃会修士”（*The Critical Muse*, 308）。第二回使用便名留青史。

76 当普利切特感慨地说：“Fordie”, in V. S. Pritchett, *The Complete Essays* (Chatto&Windus, 1991), 565.

76“《思考他者：论隐喻的天赋》”：参见 Ted Cohen, *Thinking of Others: On the Talent for Metaphor* (Princeton University Press, 2008). 接下来所有的引用均来自于这一版本。

80“所有的一切，他在他的书里做过一遍又一遍”：Virginia Woolf, *Roger Fry: A Biography* (Harvest/Harcourt, 1976), 262-3.

4

87 希罗多德说斯基泰人：Herodotus, *The History*, trans. David Grene (University of Chicago Press, 1987), 298.

88“流亡是如此奇特地让人禁不住去思考它”：Edward Said, *Reflections on Exile and Other Essays* (Harvard University Press, 2001), 173.

91“我生为比利时人是没有理由的”：Patrick McGuinness, *Other People's Countries: A Journey into Memory* (Jonathan Cape, 2014), 144.

92“各种粗暴，各种谎言”：Sergei Dovlatov, *A Foreign Woman* (Grove Press, 1991), 94.

92 我曾经在德国看见：在内卡河畔的马尔巴赫镇，德国文学档案馆里。

94“流亡者的新世界是不真实的”：Said, 181.

95“变作了过往”：“MCMXIV”, in Philip Larkin, *Collected Poems* (Faber & Faber, 2003), 99.

98 最近的一篇社论：参见《n+1》第 17 期，2013 年秋。

101“二十世纪下半叶的庞大的人口移动”：V. S. Naipaul, *The Enigma*

of Arrival (Vintage, 1988), 141:“因为在伦敦，我是站在那场即将于二十世纪下半叶展开的庞大的人口移动潮流的前端——这场移动和文化大融合要比美国的人口定居更加浩大，因为后者本质上只是欧洲人移居到新世界而已。”

103 塞尔巴德在一次访谈中说：James Wood, “An Interview with W. G. Sebald”, *Brick* 59, Spring, 1998, 25. 这场访谈发生在 1997 年的纽约城，也可以在以下这本书中找到：*The New Brick Reader*, ed. Tara Quinn (House of Anansi Press, 2013), 8-16.

105 “这些拜访中有一次”：W. G. Sebald, The Emigrants, trans. Michael Hulse (New Directions, 1996), 18-19.

105“所有的移民都聚到甲板上”：Sebald, 19.

107“每个地方都有名字”：Hemon, 201.

107“干干净净的条纹桌布”：Hemon, 203.

107“他不想飞去芝加哥”：Hemon, 209.

109“经常地，我在沿着外国城市宽阔又明亮的林荫大道大步行走时”：Ismail Kadare, *Chronicle in Stone*, trans. Arshi Pipa, revisded by David Bellos (Canongate, 2011), 301.

111“事后性”：特别参见“Notes on Afterwardness”, in Jean Laplanche, *Essays on Otherness* (London, 1999).